Adrien GROSSRIEDER

LIGNE DE BRUME
et autres textes

© 2021, Adrien Grossrieder
Édition : BoD – Books on Demand,
12/14 rond-point des Champs-Élysées, 75008 Paris
Impression : BoD - Books on Demand,
Norderstedt, Allemagne
ISBN : 9782322190140
Dépôt legal : Novembre 2019

"Et dans ce bouquin y a écrit
Que des gars se la coulent douce à Miami
Pendant ce temps que je fais le zouave (…)"
Le poinçonneur des Lilas, Serge Gainsbourg

LIGNE DE BRUME

A vrai dire, Madame, je ne me souviens plus vraiment si c'était le matin ou l'après midi ou bien même le soir. Je sais seulement que cette histoire débuta dans cette forêt. Je ne me rappelle pas non plus comment je m'étais retrouvé là. Je sais juste que mon esprit tout entier était engourdi. Il me semblait entendre des pleurs et des voix se morfondre mais je ne parvenais pas à comprendre d'où cela venait. De très loin, je pensais alors.

La lumière était d'un ton blanc flashant, aveuglant, et pourtant elle avait à la fois ce côté apaisant. Je n'ai d'ailleurs pas résolu ce problème concernant cette lumière laiteuse et énigmatique, qui semble venir de nulle part, et qui inonde ce ciel que l'on devine au-dessus de ces innombrables branches.

Je marchais donc, errant sans raison à travers des feuilles éparses et divers branchages qui craquaient sous mes pas, sans bruit car les sons étaient atténués ; les arbres, eux, n'avaient rien de particulier : ils étaient arbres, ne parlaient pas, ne jouaient aucun rôle à part celui de filtrer un peu cette lumière blanche.

Le temps était calme, aucun souffle de vent ne perturbait mon action et la température ne me paraissait alors pas quantifiable, il ne faisait ni chaud ni froid. J'étais dans un état comme second. J'avançais sans savoir où aller, sans aucun but, j'étais dans l'impossibilité de me rappeler mon identité.

C'est alors que je le vis s'approcher de moi. Il s'agissait d'un homme élancé habillé tout de noir : veste, chemise, pantalon et chaussures, toute sa tenue était noire. Quand je fus assez près pour mieux l'observer, je considérai que son visage était celui d'un homme déjà assez âgé. Il avait une courte barbe émaillée de poils blancs et sa chevelure était longue et d'un noir très sombre, le même noir que ses habits, avec quelques reflets gris sur les côtés.
Quelques rides creusaient son front et ses joues, ses yeux en forme d'amande étaient bleu clair, son nez était court et fin.
Plusieurs choses émanaient de sa personne : tout d'abord, une sorte d'aura qui imposait le respect ; mais aussi un mince halo, comme une fine pellicule de vapeur qui recouvrait son corps. Je remarquai que cette pellicule m'entourait de la même façon que lui au niveau du bas et du haut de mon corps. En ce qui concernait ma tête, je ne pouvais pas le savoir.

Il parla tout d'abord en utilisant des mots qui m'étaient inconnus, il me sembla reconnaître quelques sons de la langue anglaise mais c'était un discours très décousu. J'avais le sentiment, lorsqu'il me fixa, qu'il essayait de m'identifier ou de me cerner.

« Je vous cherchais » me dit-il enfin dans un français impeccable. Sa voix était grave mais douce, terrifiante et à la fois relaxante.
Quelque peu surpris, je me demandais si je connaissais cet homme. L'avais-je déjà vu ? C'était impossible, et en même temps, j'avais la tête remplie de néant, et si je puis dire, cette amnésie qui m'empêchait d'en être totalement certain.
Mes pensées étaient en quelque sorte engluées dans je ne sais quelle matière et j'avais donc des difficultés à articuler une phrase. Aussi, le seul mot que je lui répondis fut « Ah ? »
Ses lèvres firent un mouvement vers sa joue gauche puis se replacèrent dans leur position initiale avant qu'il ne déclare :
« Je vous ai déjà vu tout à l'heure, à la frontière, lorsque vous êtes entré. (Il marqua un temps d'arrêt puis reprit.) Vous ne vous en souvenez certainement pas. Vous avez l'air perdu à présent, c'est tout à fait normal, cette forêt est immense.

– Qui êtes-vous ? réussis-je à lui demander en le dévisageant.

– Si vous voulez bien me suivre, fit-il, je tenterai de donner la réponse à votre légitime interrogation en marchant. »
Il m'invita de sa main droite à le talonner et après un court temps de réflexion c'est ce que je fis.

J'essayais de marcher à ses côtés mais j'observai rapidement que son allure était vive, si bien que je me retrouvais tout le temps derrière lui. Je répétai ma première question dès que je parvins à caler mon rythme sur le sien.

« Qui je suis ? » l'entendis-je dire dans un écho. « C'est une très bonne question à laquelle j'ai souvent du mal à répondre. Je pense qu'il est préférable que les gens, enfin j'emploie ce terme, les gens… Ah vous savez, je crois que c'est mieux lorsque l'on découvre les choses par soi-même.

– Ah ? » j'avais toujours du mal à penser et à parler mais je fis un effort pour le questionner : « Et vous pouvez me dire où nous sommes ?

– Vous ne vous souvenez donc vraiment de rien ! s'exclama-t-il. Ça ne m'étonne pas, vous vous êtes trop éloigné et vous avez du perdre le fil à un moment ou à un autre. C'est aussi un peu ma faute, je vous ai perdu de vue lorsque vous avez traversé la ligne de brume et après vous avez dû vous mettre à courir, ça a dû vous causer un choc. Et j'ai mis un certain temps avant de vous rejoindre.

– J'ai du mal à me souvenir de quoi que ce soit » arrivai-je à prononcer difficilement.

J'avais d'ailleurs bien des difficultés à me rappeler mon vocabulaire, des mots qu'il fallait employer. Et puis, je ne parvenais même pas à entendre le son de ma propre voix qui sortait comme étouffé de ma bouche. Je me demandais si l'autre m'entendait, mais à chaque fois que mes lèvres remuaient, je voyais sa

tête dodeliner comme s'il acquiesçait. Un peu comme vous, Madame, à cet instant.
Donc, l'homme reprit :
« C'est normal, ne vous inquiétez pas, cela fait cet effet à beaucoup de personnes, enfin, j'emploie le terme de personnes mais ce n'est pas tout à fait exact... »
Il marqua un temps d'arrêt et j'aperçus un genre de chêne majestueux se dresser en face de nous. Je stoppai ma marche un instant pour le contempler. J'appris plus tard qu'il s'agissait d'un arbre de la même espèce que le gingko biloba, réputé pour sa robustesse. L'homme en noir ne me laissa pas le temps d'apprécier la beauté flegmatique de cet arbre, il me pressa :
« C'est un beau végétal, vous avez vu, mais ne vous inquiétez-pas, il y en aura bien d'autres. Celui-ci marque un point de passage, nous avons encore un peu de chemin à parcourir, si vous voulez bien continuer. »

Je me sentis faible, pas physiquement mais mentalement, j'étais à bout, j'avais l'impression que cette forêt était infinie, que l'on n'en verrait jamais le bout. De plus, même si je lui vouais pourtant jusqu'à présent une confiance infondée, et même anormale, cet homme commençait à me faire peur.
J'eus à cet instant envie de hurler, mais ma voix ne portait pas et tout ce que je perçus fut un murmure : « Ah ! ». L'autre se retourna et je pensai qu'il devait avoir l'ouïe développée car il me dit : « Ne vous

énervez pas, je sais à quel point cela peut être éprouvant. Allons-y, Monsieur Lanima. »

Je réagis bizarrement en l'entendant prononcer ce nom. Était-ce le mien ? Je n'avais aucune certitude à ce sujet. Je désirai en savoir plus.
« Comment m'avez-vous appelé ?
– Cela n'a pas d'importance.
– Cela en a pour moi ! » J'avais à nouveau envie de m'énerver, de crier, mais à la place, je l'interrogeai « Et vous, comment vous appelez-vous au fait ? Mais qui êtes-vous ?! »
L'autre poussa un soupir retenu. Il s'arrêta en baissant la tête. « C'est compliqué, vraiment. Certains m'appellent Pier ou Symon. D'autres encore me surnomment Janvier. Je peux aussi vous dire que je suis un passeur. Mais tout ceci est relativement peu important, vous comprendrez bientôt. Reprenons la marche, s'il vous plaît. D'autres vont arriver d'ici peu et je ne serai pas prêt pour les accueillir. »
Je fus assailli par un désespoir grandissant et je n'avais plus vraiment envie de le suivre. Mais comme je souhaitais seulement sortir de cette forêt, et que ce guide mystérieux avait l'air de savoir où aller, je ne pus faire autrement. Je tenais ma rage silencieuse, au creux de mon âme, serais-je même tenté de dire.

De toute façon, je ne savais pas pourquoi je voulais sortir de la forêt. Pour aller où ? Rentrer chez moi ? Mais je n'arrivais même pas à me remémorer où cela se trouvait ! Je ne pouvais même pas dire si des personnes m'attendaient ou me cherchaient ! Je ne parvenais pas à recoller les morceaux... Et même encore aujourd'hui, à l'instant précis ou je vous raconte cela, je ne peux que me souvenir de certaines bribes, de certaine images floues de ma vie d'avant qui me donnent toutes une impression d'irréel.

C'est lorsque l'on arriva à un douzième arbre imposant que l'homme stoppa et me désigna quelque chose du doigt. «Voyez-vous cette prairie, plus loin, en contrebas, à la lisière ? C'est là que nous nous rendons. »
En effet, il me sembla alors apercevoir quelque chose comme de l'herbe, mais il paraissait aussi y avoir encore pas mal de route à faire. Cela dit, le terrain jusqu'ici avait été plat et le temps était toujours aussi tranquille. J'ajoute que je ne ressentais étonnamment aucune fatigue physique : j'étais même convaincu que j'aurais pu marcher comme cela pendant des jours. C'est pourquoi je n'éprouvai aucune appréhension à accomplir ce chemin.

Soudain, un spasme secoua l'homme, ses yeux clignotèrent et il passa sa main sur son front. Il s'accroupit une seconde, se redressa en position debout et me déclara : « Il faut faire vite, voulez-vous me suivre ? Nous devons faire un détour avant d'aller à la prairie mais il faudra courir. Vous pouvez aussi rester là seulement il ne faudra pas bouger. Faites comme bon vous semble, mais si vous voulez comprendre, venez ! »

Il se mit alors à courir, et je ne pensais pas qu'il était capable d'aller aussi vite, c'était comme s'il lévitait. Moi-même je m'épatai car je ne me serais pas cru capable de l'accompagner sans le perdre.
Après une course qui dura quelques minutes, ou bien des heures, je ne peux le dire sans mentir car je n'ai pas compté, nous arrivâmes à un endroit sublime. Deux arbres géants, du genre Eucalyptus, étaient couchés et séparés d'une dizaine de mètres, leurs sommets étaient recouverts d'une lamelle dorée et de feuilles multicolores. Je n'avais certainement jamais rien vu quelque chose d'aussi somptueux. Vous l'avez peut-être repéré, vous aussi, tout à l'heure.

C'est alors que je les entendis. Les voix des enfants. Je distinguai deux silhouettes, des gosses âgés de six à huit ans, ou guère plus. Même s'il faut préciser que l'âge n'a que peu de poids ici.
« Ce sont donc eux, ils sont là avant leurs parents » m'avertit l'homme. De nouveau, je ne compris rien à ce qu'il voulait dire. « Allons les chercher, venez ! » me dit-il encore, avant de s'engager sur le sentier qui se formait entre les deux arbres alités.

Quasiment parvenus à leur hauteur, je sentis de l'air froid, enfin, quelque chose de glacial était perceptible, alors je me rappelai la phrase de mon guide et de son expression « ligne de brume ».
L'homme tendit le bras à travers la brume et je m'approchai pour mieux discerner ce qu'il se passait. Une chose affreuse était en train d'arriver. La main de l'homme se posa sur la tête du premier enfant et

ce dernier se transforma en glace, pétrifié. Mais, réaction inconcevable pour moi à cet instant, l'enfant traversa la ligne de brume pour se retrouver à nos côtés. Restaient néanmoins, de l'autre côté, dans ce brouillard, une forme glacée, et le deuxième garçon qui parlait ou qui pleurait, je ne me souviens plus très bien, en tout cas, qui semblait mort de peur.

L'homme en noir réitéra l'opération pour le second enfant mais je fus submergé par la panique, je ne voulais pas qu'il lui fasse de mal. Je tentai d'attraper l'homme par l'épaule en lui donnant l'ordre d'arrêter :
« Eh, mais que faites-vous ? Bon sang, laissez-le tranquille ! », ma voix ne portait toujours pas, néanmoins je m'entends encore m'emporter après lui, je le vois basculer en arrière. Bien que je ne l'aie même pas touché : ma main s'était posée sur lui comme sur de l'eau, elle l'avait traversé.

L'homme fut seulement surpris et comme il tombait, je vis que son bras droit, tout entier, était recouvert de glace, givré. L'homme, désappointé un bref instant, me dit : « Il ne fallait pas intervenir ! Il faut les faire passer ! », Je ne lisais que de la détermination dans son regard, il ne m'en voulait pas.
Et là, il commença à m'expliquer calmement :
« Monsieur, vous êtes mort, je n'étais pas censé vous le dire avant d'arriver à la prairie. Sinon vous seriez encore certainement reparti en cavalant à l'autre bout de la forêt et j'aurais passé beaucoup de temps à vous

retrouver ! Ces enfants sont morts également. Il faut qu'ils viennent avec nous. Leurs parents arriveront bientôt eux aussi, un peu plus tard, et d'autres gens encore. Ils sont tous morts dans une catastrophe maritime. Il faut les faire passer. »

Je ne compris rien à son discours qui me paraissait totalement insensé. Si j'avais été mort, je m'en serais sûrement souvenu. Ou alors je l'aurais deviné ! Mais, comme il venait d'achever sa phrase, je remarquai que le premier enfant qui était venu vers nous était allé se blottir près d'un arbre, il était tremblant, effrayé, et ne tarderait sans doute pas à s'enfuir en courant, comme moi-même je l'avais fait.

L'homme l'avait vu également.
« Il faut que l'on se dépêche, sinon les âmes ne seront plus en bon état. Faites ce que je vous dis. Posez votre main droite sur la tête de l'enfant qui est derrière la brume, je vous tiendrai, ne vous inquiétez pas. »
Je fus tenté de m'enfuir, de passer à travers la brume, mais l'homme me donna un avertissement :
« Vous avez vu ce qu'il est arrivé à mon bras ? N'essayez pas de repartir de l'autre côté. C'est impossible. C'est un espace dédié à l'arrivée, où il n'y a pas d'existence concrète. Vous seriez perdu à jamais, vous resteriez glacé, mais pour l'éternité cette fois. »
Ses yeux bleu clair possédaient une telle sincérité que je n'arrivai pas à faire autre chose que ce qu'il me demanda. Je posai à mon tour la main droite sur la tête du deuxième enfant et, je ne sais toujours pas par

quel miracle, sa silhouette fut changée en glace, et à ce moment précis, ce même petit bonhomme marcha vers le premier enfant. Chose singulière : ils n'avaient pas l'air de se reconnaître et n'arrivaient pas à articuler un son.

Les silhouettes des parents arrivèrent peu après. Difficile encore de dire combien de temps puisque cette notion est pratiquement inexistante en ce lieu. On doit parfois se dépêcher, il est vrai, mais c'est pour une bonne cause. J'ai su plus tard que la nuit ne tombait jamais. Je m'égare un peu, je vais d'abord finir mon histoire.

Les membres de cette famille restèrent muets, ils étaient dans un état identique au mien quand mon guide me retrouva. Dans les vapes, ils marchaient tel des étrangers les uns pour les autres. Notre guide nous emmena finalement tous rejoindre la prairie.
C'est là-bas que j' appris qui j'étais et ce que j'avais fait de mon vivant. Anton Cordate. Mon propre nom ne me disait rien. J'avais d'abord vécu en Angleterre puis en France. J'avais exercé plusieurs professions, dans le domaine aéronautique essentiellement. En mourant, j'avais laissé une femme et une fille de dix ans. Et je sus comment j'étais mort. A quarante-sept ans. Une mort bête. J'avais mélangé des médicaments sans le faire exprès et mon corps n'avait pas supporté. Je ne me revois pas du tout mourir.

Mais je n'ai plus vraiment de mémoire à propos de ma vie passée. Je crois que je me répète, c'est à peine si quelques visages de mes proches me reviennent à l'esprit ! J'espère tout de même que je pourrai en retrouver certains ici. Si seulement je les reconnaissais. Ah oui, il y a tellement de monde, vous verrez ! De toutes les couleurs, de toutes les origines.

Et tout le monde parle la même langue. Du moins, je pense que ce que je vous communique est traduit instantanément dans votre langue d'avant. Et même si des mots n'existent pas, c'est comme si l'idée elle-même prévalait sur les mots, elle serait alors transposée par télépathie dans votre esprit.

Ce que nous sommes, je n'en sais rien. Des esprits qui voguent, des apparences, des enveloppes ? Car oui, parler de monde est quelque peu mensonger, ce seraient plus à mon sens des enveloppes. Nous avons tous gardé nos enveloppes corporelles.

Et ces habits dont nous étions vêtus pour les cérémonies funéraires peut-être, ou alors à l'instant de notre mort, ces vêtements sont comme collés à notre peau, ou plutôt à notre pellicule. Non, personne n'est nu ici.

Mon guide, cet homme en noir -enfin j'aime encore à l'appeler comme cela, même si c'est un non-sens puisqu'il n'est certainement plus humain depuis bien des siècles, de la même façon que la désignation d'homme ou de femme n'a que bien peu de valeur, elle est seulement utile pour marquer une différence- il m'a expliqué certaines choses, mais même lui m'a avoué ne pas tout comprendre. Je pense aussi que cela ne fait sans doute pas encore assez longtemps que je suis ici pour tout saisir. Mon vocabulaire, ma pensée, me sont revenues petit à petit, sans pour autant que cela me serve vraiment puisque nous n'avons quasiment rien à nous dire ici.

Où sommes-nous ? Je n'en ai aucune idée. L'homme en noir m'a informé que les bonnes âmes viennent en ce lieu et les mauvaises vont ailleurs pour purger leur esprit. Toujours est-il que je ne sais pas comment nous sommes catégorisés bonne ou mauvaise âme. Nos actions lors de notre vie passée sur Terre jouent probablement un rôle déterminant. S'agit-il d'une histoire de Dieu ? Quand je lui ai posé la question, l'homme en noir n'a pas su me répondre, ou il n'a pas voulu.

Je ne sais pas combien nous sommes, ni pourquoi nous sommes là. Nous attendons. Tous ces anciens besoins comme la faim et la soif ne sont plus les nôtres à présent. Nous ne dormons jamais mais il semble que nous nous mettions parfois en état de pseudo-sommeil.
Je sais que certaines enveloppes partent vers d'autres lieux, elles montent des marches d'escalier taillées dans ce qui a l'aspect de la pierre, puis nous ne les revoyons plus jamais.

Aujourd'hui, j'aide mon ancien guide, je suis un passeur d'âmes dorénavant. Je vous explique tout cela, Madame Lanima, car je voulais que vous compreniez où vous étiez. Voulez-vous me suivre ?

LA BARBE
(texte inspiré d'une histoire vraie)

Quelques poils hirsutes disséminés ça et là sur son visage. Voilà toute la barbe que possédait Drisi à l'âge de trente ans. Il n'était pas normal, il s'en était douté depuis quelque temps, mais s'en était inquiété seulement après avoir dépassé la barre "fatidique" de la trentaine.

C'est certainement héréditaire, lui avait révélé sa coiffeuse. Et, selon elle, ça ne pousserait pas plus, passés les trente ans, c'était trop tard. Il avait cherché dans des revues spécialisées, sollicité plusieurs autres professionnels capillaires. Il n'y avait rien à faire, il n'aurait jamais une jolie barbe.

D'un air jaloux, il regardait parfois ses amis barbus, il les enviait presque. La barbe, méditait-il de temps à autre, cela vous donne un côté rassurant, du genre trappeur qui sait ce qu'il fait. Il avait également appris dans un jeu télévisé qu'il n'aurait pas pu

prétendre à une fonction dans la gendarmerie avant 1933, puisqu'en effet il fallait obligatoirement porter une moustache à cette époque. La sienne n'était qu'un mince duvet quasi-invisible.
De plus, lorsqu'il lisait, dans des magasines de mode ou santé, certaines études supposées sérieuses qui affirmaient que les femmes avaient une préférence pour les hommes barbus, cela l'agaçait. Il n'avait pas de problème avec le fait de plaire aux femmes, il avait un physique plutôt agréable. Mais il était encore célibataire et peut-être qu'avec une barbe beaucoup plus fournie il deviendrait encore plus attrayant, et ainsi il pourrait enfin rencontrer quelqu'un qui voudrait faire sa vie avec lui.

Le seul point positif dans cette histoire de poils était qu'il n'avait pas besoin de se raser très souvent. Une fois tous les quinze jours, environ, afin de ne pas paraître trop négligé.

Il n'y pensa plus pendant plusieurs mois. Il avait fait le deuil de ce pelage qui resterait à jamais inexistant.
Jusqu'au jour où il entra dans ce magasin qui se trouvait à quelques centaines de mètres seulement de l'immeuble dans lequel il habitait. Il passait devant pratiquement tous les jours mais n'était jamais entré. C'était une toute petite enseigne peinte en rouge appelée « Tout et rien ». Sur la devanture, on pouvait lire : « Ici on vend tout ce dont vous avez besoin ». Il avait souvent hésité à franchir le seuil en se disant qu'il ne trouverait que des articles dont il n'aurait

justement pas besoin. Mais comme il avait du temps à perdre en cette fin d'après-midi, il se laissa tenter.

En faisant quelques emplettes -deux tablettes de chocolat, une chemise blanche bon marché, un paquet de chips aux crevettes- il remarqua soudain un emballage sur lequel était dessiné le visage d'un homme barbu. En guise d'inscription : des hiéroglyphes chinois qu'il ne savait pas décrypter. Ou peut-être était-ce une autre langue ? Il n'arrivait jamais à faire la distinction entre les différentes écritures. Il confondait toujours l'écriture du Céleste Empire avec celle du Pays du Soleil Levant.
Il y avait une traduction plus ou moins juste qui disait : « Ceci est la lotion pour stimuler la barbe. Pourrait même fonctionner pour femmes ! » Cela ne coûtait que cinq euros et donc pas grand-chose d'essayer.

Au moment de régler ses achats, une caissière aux traits asiatiques lui parut quelque peu malicieuse lorsqu'elle découvrit le flacon au milieu d'autres produits. Elle se fendit d'un air un peu grave, et, prenant presque la posture d'une pharmacienne, elle annonça avec son index pointé vers le plafond : « Ah, attention, ça être un produit puissant, très puissant ! Pas plus que deux gouttes par jour à étaler sur les joues ! Et pendant cinq jours, pas plus ! »

J'essaierai de m'en souvenir, pensa Drisi en sortant de la boutique. De toute façon il n'y croyait pas du tout. Il avait déjà testé d'autres crèmes prétendument miraculeuses qu'il avait achetées en supermarché. Elles n'eurent pas l'effet escompté, alors il s'était résigné : certains hommes n'ont pas de barbe, de même que certains n'ont pas de femme ou pas de voiture. Il ne fallait pas en faire toute une histoire ! Ce n'était pas non plus la fin du monde.

Il désira tout de même expérimenter ce produit dès le lendemain matin. Précautionneux, il déchiffra la notice toujours traduite approximativement. Cette dernière semblait expliquer à peu de choses près ce que la vendeuse lui avait déjà dit. Plein d'impatience, il froissa le bout de papier et le jeta à la poubelle.

Il s'empara d'un coton, versa une goutte dessus. Il inspecta la couleur et avec le bout de son pouce il sentit la texture. Cela était jaune orangé et huileux, et une seule goutte avait suffi à imprégner le coton entier. Une odeur de miel sucré parfumait la lingette. Il réalisa alors des mouvements circulaires sur sa joue droite, réitéra l'opération sur la joue gauche, puis versa une goutte supplémentaire pour le menton.

Il sentit un léger picotement, et même une sensation de chaleur au niveau des zones qui venaient d'être humidifiées. Ce sont peut-être mes poils qui sont en train de pousser, imagina-t-il, optimiste.

Durant la journée, rien de spécial n'arriva. Il alla travailler comme à son habitude, rendit visite à un couple d'amis en soirée. Il avait scruté son visage à la moindre occasion, toutes les heures, que ce soit dans le reflet des vitres des voitures ou dans celui de l'écran de son téléphone. Rien. Pas un poil de plus.

Il avait même le sentiment que sa barbe, si l'on pouvait appeler cela une barbe, était encore moins visible qu'à l'ordinaire, que sa poignée de poils sortaient avec moins de vigueur.

Il décida le lendemain matin d'appliquer carrément trois gouttes sur chaque côté de son visage, et le surplus qui resterait serait pour le menton. De nouveau, il ressentit cette impression de chaleur irradiante qui lui fit presque du bien, comme si cela réveillait ses vaisseaux sanguins.

C'était la même journée qu'à l'accoutumée, et toujours cette nudité barbante sur son visage. Il n'en prit pas ombrage et recommença cette pratique chaque matin toute la semaine. Ce traitement dura donc deux jours de plus que la durée recommandée par la vendeuse. Et le dernier jour, il fit couler carrément une dizaine de gouttes au total sur le coton, ensuite il passa plus de temps que les matinées précédentes à faire ses mouvements circulaires.

Les jours passèrent mais rien ne se passa au niveau d'un accroissement de sa pilosité. Au contraire, il était même évident pour Drisi que ce produit avait bel et bien ralenti la pousse de ses quelques poils habituels. Il voulut relire la notice mais ne la trouva pas. Il reprit alors l'empaquetage pour l'examiner à fond. Sous le récipient en verre, il y avait une date inscrite mais difficilement lisible : 21/10/20.. ; il était périmé depuis cinq jours. Ah, c'était peut-être pour cela ! Des pensées abondaient dans le crâne de Drisi. Toutes négatives. C'était sûrement une arnaque. Une entourloupe ! Il comptait bien retourner au magasin pour que son argent lui soit restitué. La vie était déjà assez chère sans que l'on ait besoin de se faire avoir par ces procédés douteux, de la publicité mensongère, des emballages qui vous donnent envie mais qui seraient aussi utiles s'ils étaient vides ! Il avait donc prévu d'y aller le lendemain, en fin d'après-midi après son boulot.

Pourtant, au petit matin, en sortant d'un rêve dans lequel il peignait des moutons, tout en démêlant leur laine, il sentit instantanément que quelque chose avait changé sur son visage. C'était incontestable : des poils qui n'existaient pas avant ce jour s'étaient mis à croître sur ses joues et cela ressemblait presque à un début de belle barbe ! Il fila dans la salle de bain, ouvrit la bouche devant son miroir, médusé qu'il était, admirant ces poils naissants, les siens. Il ne toucha pas à la lotion, il l'avait peut-être déjà utilisée en ne respectant pas les doses, et puis surtout il savait que la date limite était dépassée.

Toute la journée il fut de bonne humeur, il paya même un café à un de ses collègues qu'il n'appréciait guère d'habitude. En fin de journée, il décida de ne pas retourner se faire rembourser. Après tout, il ne voulait pas faire d'esclandre !
C'était lui-même qui avait mal regardé la date limite de consommation, et puis en fait, le produit était encore exploitable quand il l'avait acquis. Qui plus est, cela semblait finir par fonctionner.

Le soir, en rentrant chez lui il se précipita dans la salle de bain pour inspecter sa figure dans le miroir. Il en ressortit tout sourire. C'était quelque chose d'important pour lui d'avoir ces nouveaux poils, le début d'un nouveau Drisi. C'est comme une renaissance, songea-t-il, fier.

La semaine se déroula et jour après jour la barbe de Drisi continua de dérouler elle aussi. Elle poussait hardiment, avec souplesse.
Et elle lui allait au poil, cette barbe ! Elle était douce, onctueuse, soyeuse. Une barbe que beaucoup de barbus auraient rêver de porter. Ses amis et connaissances proches remarquèrent le changement. Certains même le félicitaient, le flattaient : « Mais quelle belle barbe, Drisi ! » ou encore « Assurément, cela te donne un air plus mûr, plus mature. »
Drisi avait alors plus confiance en lui. On le voyait parfois, très sérieux et avec une prestance sans précédent, se caresser les joues de quelques doigts, en écoutant avec attention le bruit râpeux que produisait ce frottement. Il avait tout l'air d'un philosophe de haut niveau.

En revanche, son sixième jour en tant que barbu ne fut pas sans souci. Lui qui était blond, vu naître sur sa face des poils bruns, roux, gris et même blancs. Cela créait un mélange assez déroutant. De plus, l'apparence et la texture de ces nouveaux poils n'étaient pas sans rappeler ceux de ses parties intimes. Il ne savait plus quoi en penser. Il avait bien tenté de se raser le matin du septième jour après l'arrêt de sa cure. Cependant dans la journée, ses nouveaux poils avaient repoussé brusquement et, dans la soirée, une barbe déjà épaisse s'était implantée sur son visage.

Il voyait bien que les gens le regardaient bizarrement dans la rue. En rentrant chez lui un jour de la semaine d'après, des jeunes lycéens s'étaient même moqués de lui. Il les avait entendus en train de piaffer en scrutant sa tête : « Matez-ça les gars, un alien terroriste ! »
Sa barbe frisait l'absurde. En effet, des poils s'étaient permis de pousser n'importe comment, sur son front, sur le lobe de ses oreilles et même sur la surface de son nez ! Mais il était convaincu de n'avoir jamais appliqué de lotion à ces différents endroits !
Il avait toujours rêvé d'une barbe et maintenant qu'il en avait une, il n'en voulait plus. Effectivement, elle n'était pas comme il le souhaitait… D'une barbe à poils lents, il était passé à une barbe poilante.

Quelques jours après, ne constatant aucune amélioration et n'y tenant plus, il se rendit dans ce petit magasin et reconnut la vendeuse qui était seule en caisse. Il brandit le flacon, loin de son corps et de son visage, comme s'il détenait quelque produit chimique dangereux.

« Votre truc, là, commença-t-il, puis il s'interrompit instantanément, s'apercevant qu'elle le dévisageait avec stupeur.

– Mais qu'avez-vous fait ? Ça être produit spécial, très puissant ! Je vous l'avais dit. Vous mal utilisé !
(Et tout ceci étant dit en le pointant d'un index quasiment menaçant.)
– Je m'en serais douté, mais qu'est-ce que je peux faire maintenant ? supplia Drisi.
– Hmmm. J'ai peut-être solution » dit-elle en portant son index sur son menton.

La vendeuse quitta son poste pour aller farfouiller dans sa réserve. Elle revint avec une toute petite boîte et expliqua :
« Là, une pommade pour effet inverse. Très puissant mais plus cher. Cent euros !
– Cent euros ? Mais bon sang, c'est du vol ! Vous me vendez un truc cinq euros puis il faut que je vous redonne cent balles, s'insurgea l'homme à la barbe folle.
– Mais vous mal utilisé ! Moi être sûre !
– Oui vous avez raison... Mais s'il vous plaît faites moi un prix. En plus, l'autre produit était périmé une semaine après que je l'ai acheté. Regardez, j'ai tout rapporté, l'emballage et le récipient. J'ai même le ticket de caisse faisant foi ! »
La dame examina tout cet attirail.
« D'accord, Monsieur, moi faire réduction. Quatre-vingts euros !
– Oh mais quelle arnaque votre truc... » souffla Drisi, tout en tendant déjà sa carte bleue vers le terminal.

Il n'y a à priori aucune preuve flagrante de la véracité de ce récit. Excepté le fait que sur sa tempe droite, juste au dessus de son oreille, il y a désormais un espace de cinq millimètres de large sur lequel ses cheveux ont disparu. Ah oui, il lui manque également un tiers de son sourcil droit.
Un peu de produit s'était déversé sur le haut de son index et, sans faire attention, il l'avait frotté sur ces deux endroits.

Des poils qui ne repousseront certainement jamais, à moins qu'il retourne un jour acheter un flacon de la première lotion dans cette petite boutique, s'il en reste…
En tout cas, si vous le reconnaissez, soyez sympa, ne lui parlez pas de barbe !

C'ETAIT UN BON MUSICIEN

Il y a déjà quelques années, il y avait dans cette petite ville de V... un musicien virtuose, un auteur-compositeur-interprète de grand talent.
Il avait débuté la musique très jeune. Dès l'âge de cinq ans, il prit des cours de solfège et de piano.

Une anecdote amusante raconte d'ailleurs que le vieux monsieur qui donnait les leçons ne pouvait s'empêcher de s'extasier devant ses élèves en leur faisant déchiffrer les partitions des grands maîtres du classique. Il les lisait avec eux un peu comme on lit un bouquin. « Quelle jolie croche ! » s'exclamait-il parfois, ou encore, « Cette mesure en clé de fa est réellement de toute beauté ! Grandiose ! ».
On aurait pu alors penser qu'il était un musicien d'élite. Cependant, peut-être car il approchait du centenaire, il n'était pas (ou plus) très capable, il savait seulement plaquer des accords avec les notes

fondamentales sur des morceaux basiques réservés aux débutants.
Le professeur ne pouvant pas lui montrer comment jouer ces œuvres complexes, l'apprenti prodige dut donc se débrouiller tout seul pour progresser. Il dévorait des tutoriels sur internet ou étudiait diverses méthodes dès qu'il en avait l'occasion. C'est ainsi qu'il sut jouer les deux-tiers du répertoire de Bach, entre autres, à l'âge de neuf ans.

Les parents des autres enfants, également des élèves du vieux professeur, étaient assez jaloux. Ils pensaient même que les parents du gamin le poussaient à fond pour qu'il soit si précocement doué. Ils avaient tort, le père et la mère essayaient de le canaliser : « Thazar (c'était son prénom), ralentis un peu la musique et pense un peu plus à l'école ! » l'exhortaient-ils parfois. Mais le gosse n'écoutait pas. Il rentrait de l'école, expédiait ses devoirs, et jouait sa musique. Il n'empêche que sa famille était fière de lui, vantant ses mérites dès que l'occasion se présentait.

A l'âge de douze ans, il commença à prendre des leçons de guitare, puis il apprit à maîtriser plusieurs autres instruments tels que la basse, la batterie, l'harmonica et le violon. S'il l'avait souhaité, il aurait certainement pu jouer aisément de tout ce qui pouvait produire un son musical.

Il avait ensuite connu une gloire locale en montant un groupe de musique peu avant sa majorité, vers dix-sept ans. Son répertoire était varié, il reprenait aussi bien des chansons de Neil Young, de Queen ou d'Artic Monkey, que de Michel Berger, Jacques Higelin ou de Charles Aznavour. Et il les arrangeait comme bon lui semblait, à sa sauce, en variant les styles : rock, jazz ou classique par exemple.
Son professeur de chant l'avait congédié au bout de quatre heures de cours seulement. Le jeune homme chantait déjà mieux que lui. Il avait mué tôt, il avait une jolie voix limpide. Et il chantait indifféremment en français ou en anglais.

A dix-neuf ans, grâce à quelques unes de ses compositions, sa renommée s'était étendue dans le sud-ouest de la France. Certains journalistes, enthousiastes, avaient même titré : « Bordeaux a son génie ». Comme si, d'ailleurs, les médias de cette ville cherchait à s'attribuer son succès puisqu'à la base, il était de V... mais bon, passons.
Oh, il avait pris un peu la grosse tête. Du moins, c'est ce que pensaient les gens qui ne l'aimaient pas. Il gardait juste une certaine distance avec le public. Et puis, peut-être que n'importe qui à sa place aurait agi de la même manière.

En l'espace de cinq années, il s'était fait peu à peu connaître au niveau national, il avait composé une trentaine de chansons et sorti deux albums qui s'intitulaient respectivement « Espoir d'un hiver fugace » et « Contes d'un été sans fin ».

Il était parti plusieurs fois en tournée, en France et dans les pays limitrophes. Pourtant, le grand public restait mitigé. Lorsqu'il était sur scène, il n'était pas du tout du genre à sortir des blagues. Il disait par exemple, assez mollement : « ravi d'être avec vous ce soir », ou à la fin de son set : « merci et bonne soirée ». Il se concentrait uniquement sur sa musique et ne faisait pas de fioritures. Certains l'adoraient pour cela, d'autres le haïssaient pour cette même raison. La plupart reconnaissaient néanmoins qu'il était doué artistiquement.

Autre point à souligner dans la vie de ce phénomène : il avait tout de même certaines facilités avec les filles. Quoiqu'il ait eu, semble-t-il, pas mal de déceptions à l'époque du lycée, il avait ensuite rattrapé cela. Il est d'ailleurs assez exaspérant de constater que beaucoup de femmes ont un penchant pour les musiciens, encore plus lorsqu'ils sont talentueux, ou lorsque la réussite frappe à leur porte. Certaines de ses conquêtes voulaient donc passer un moment avec lui car elles avaient l'intuition qu'il deviendrait quelqu'un de très célèbre, alors elles pourraient dire avec orgueil : « c'était mon petit copain à l'époque ». D'aucunes l'aimaient parce qu'elles le trouvaient très beau, alors que son physique était plutôt banal. D'autres s'entichaient de lui parce qu'il avait l'air intelligent quand il était cité dans la presse, ou bien encore pour d'autres raisons inconnues.

Heureux d'être tellement courtisé, il finit néanmoins par se lasser. Les femmes avec qui il avait eu des liaisons se lassaient elles aussi puisqu'il n'avait pas beaucoup de temps à leur consacrer, la musique passant avant tout, avant elles.

Cependant, un beau jour, aux alentours de sa vingt-cinquième année, faire de la musique en public ne l'intéressa plus tant que cela. Tout du moins, ce qui allait de pair avec cette routine. Faire des concerts, avoir un article dans le journal, donner des interviews sur des sites ou des magasines spécialisés, se faire prendre en photographie, etc.

Souvent, il avait joué avec des musiciens qu'il n'aimait pas et il rêvait donc à présent d'une carrière solo. En réalité, il s'était brouillé avec bon nombre de musiciens, de sa région et d'ailleurs.
Sa réputation le précédait et ils n'avaient plus confiance en lui, eux non plus ne souhaitaient plus collaborer avec lui. Pourtant, ce qu'il désirait était clair : la perfection, la quintessence absolue.
Plusieurs instrumentistes avec qui il avait coopéré avaient rapporté qu'il ne concevait pas que l'on puisse seulement jouer pour le plaisir, il détestait que l'on voie sa musique d'une façon différente de la sienne et il ne tolérait aucune fausse note. Il était sans arrêt en train de parler de nuances : « Vous ne connaissez rien à la nuance ni aux ornements ! »
Pendant les répétitions, il ne voulait jamais que l'on prenne de pause.
En somme, il était fort exigeant.

Il cherchait naturellement autre chose. A bientôt vingt-six ans, il avait envie d'un but qui satisferait pleinement son ego. Il éprouvait en fait le besoin de composer une musique inégalable.

Dans un de ses carnets, il avait même écrit, mot pour mot : « J'ai l'intention que le public considère chacune de mes notes comme autant d'oiseaux à capturer dans une cage dorée, et que ces volatiles réussissent à crocheter le loquet, à ouvrir la porte, et s'envolent par surprise en chantant leur sifflement mélodieux. J'aspire à toucher l'âme et le corps d'une façon insurpassable. J'ai l'ambition de créer une œuvre qui définira l'humanité ! »

Il voulait bien plus qu'émouvoir. Faire dresser les poils de bras ne lui suffisait pas. Il s'était fixé un projet de grande envergure.

Il travailla donc seul sur son nouvel album pendant un peu plus de six mois, à raison de douze heures par jour. Il s'était porté acquéreur d'une ferme retapée dans laquelle il vivait en ermite. Ne voyant que très rarement sa famille et un de ses amis proches, il refusait de divulguer la nature de ses activités, hormis le fait qu'il bossait comme un acharné pour atteindre son objectif.

Il avait confié à sa mère, une source certainement fiable, qu'il avait cette impression d'être le héros de ce film avec Bill Murray. Celui qui joue un homme qui revit toujours la même journée, et qui la revivra tant qu'il n'aura pas réussi à séduire la femme qu'il aime. Sauf que, en l'occurrence, la femme en question, c'était la musique.

Tel un forcené, il alternait alors toutes les parties. Que ce soient les instruments, les paroles, le chant, il faisait tout lui-même. Et puis, l'enregistrement, le mixage, absolument tout de A à Z. Il pouvait se le permettre puisqu'il savait le faire.

Il ne ressentit aucune émotion lorsque, une fois son labeur terminé, il écouta ses chansons qui duraient au total une heure et demi.
Quand elles furent prêtes, il sut qu'il avait atteint un sommet. Dans un de ses autres bloc-notes, perdu dans cette demeure et retrouvé plus tard, on pouvait constater qu'il avait hésité entre plusieurs noms pour cet opus. Par exemple : « Mariage du printemps et de l'automne » (il avait écrit dans la marge « non, pas deux saisons en même temps »), ou un nom moins allongé comme « Ultime ». Il n'avait semble-t-il pas arrêté définitivement son choix. Dans ce calepin, il livrait également plusieurs pensées dont une qui vaut le détour : « J'ai mis la main sur le dernier carat, ma musique est semblable à de l'or pur. Mieux, c'est un gisement à elle toute seule ».

Il décida ensuite logiquement de donner quelques représentations afin d'éprouver son œuvre et de marquer son grand retour. Retour calculé pour la veille de ses vingt-sept ans. Il parvint néanmoins à conserver le secret sur sa nouvelle musique. Il ne laissa rien filtrer. Les curieux devraient venir le voir en *live*. Il n'avait pas souhaité jouer d'abord dans une trop grande ville parce qu'il trouvait que démarrer sa tournée dans sa région natale sonnerait comme une régénération ou comme une revanche.

Pour son come-back sur scène, il avait loué, avec son argent et sans aucune autre aide extérieure, une des meilleures salles de taille moyenne du coin, et il s'était octroyé la crème des ingénieurs son et lumière.
Il avait posé ses conditions qui étaient au nombre de soixante-quatorze : il jouerait seul, de plusieurs instruments en utilisant diverses pédales d'effet ; il n'aurait pas de première partie ; il n'acceptait pas que le concert soit retransmis à la télévision ou sur un quelconque média ; il ne voulait pas de journalistes dans le public ; les caméras et appareils photo n'étaient pas admis ; il donnerait ses instructions concernant le son et la lumière mais paierait les trois techniciens qui veilleraient à ce que tout se déroule selon ses directives ; il désirait que la température de la salle soit de 19 degrés ; il réclamait quarante pour cent des recettes ; il voulait que l'eau à sa disposition soit de la marque Naive et ne souhaitait pas que son public puisse avoir accès à autre chose que cette eau pour se désaltérer ; il n'avait pas envie que les spectateurs puissent s'asseoir, ainsi tous les bancs ou toutes les chaises devraient être enlevés.
Il exigeait encore de nombreuses choses plus ou moins insolites.

Pas loin de trois mille personnes se pressèrent pour assister au concert ce soir-là. Mais les choses ne se déroulèrent pas comme il les avaient prévues.

Tout d'abord, il y eut un souci avec la livraison de son piano. Le chauffeur s'était perdu à cause de son GPS défectueux. Plus de vingt minutes de retard.
Ensuite, lors des balances, un câble mal branché lui fit prendre plus d'une heure de décalage, le technicien et lui-même n'arrivant pas à trouver la panne avant cinquante longues minutes.

Vers 21h30, le public s'impatientait. Certains grondaient, tapaient du pied en criant qu'ils voulaient se faire rembourser. Et il y avait toujours un ou deux énergumènes pour lancer des « A poil ! ».
Ce n'est finalement qu'aux environs de 22h15 que le prodigieux musicien fit son entrée sur scène.
Et dès les premières notes, sa musique transperça l'auditoire. Alors le public, tout entier, pleura. Certainement, si l'on voulait chipoter, il faudrait dire "presque tout entier". Mais même les gens les moins réceptifs à la musique pleurèrent. Personne ne comprit comment un son pouvait être aussi beau, personne en fait ne chercha à comprendre. Et cela se prolongea pratiquement durant une vingtaine de minutes. Les deux premières chansons touchaient le summum de la tristesse et de la mélancolie. De véritables envolées lyriques laissèrent les auditeurs déconcertés, pantois, les larmes aux yeux.
Les parties instrumentales, qu'elles soient jouées au piano, à la basse, à la guitare, ou je ne sais plus encore quels autres instruments, étaient simplement sublimes. Les parties chantées repoussaient les

limites, tant au niveau des paroles que de la maîtrise vocale.

Les chansons suivantes venaient ensuite titiller les autres émotions avec une puissance comparable.
Une chanson immergea l'intégralité du public dans un état de frayeur intense. Les gens s'agrippaient les uns aux autres ou se raccrochaient à ce qu'ils pouvaient. A les voir, on aurait pu croire qu'ils se trouvaient dans une de ces attractions à sensation. Ils avaient peur des notes qu'ils entendaient !
Puis très vite, cette chanson laissa place à une musique joyeuse qui dura plus d'un quart d'heure. Tout le monde se mit à rire sans réellement en saisir le sens ou le motif. Les personnes applaudissaient à tout rompre, en sautant de joie, les pupilles pétillantes.

Ce qui devait être son ultime chanson atteignit sans aucun doute le point culminant de sa virtuosité. Elle débuta par des notes graves et agressives. Puis elle monta pas-à-pas dans des aigus doux et espiègles. Mais lorsque le prodige joua son solo de batterie avec la musique derrière qui tournait en boucle grâce à un de ses effets, les graves se joignirent aux aigus et alors quelque chose de terrible arriva.
D'abord ce fut une crispation visible, palpable, elle se lisait sur chaque visage. Puis la colère submergea la foule. Cette musique provoquait chez les gens de la haine. Ils se frappèrent tous dans un désordre total.

L'équipe en charge de la sécurité était également dans ce même état de transe et donc chacun y allait de son coup de poing ou de pied en poussant des cris de sauvage.

Les plus endiablés se ruèrent sur le musicien en le pointant du doigt et en hurlant : « c'est sa faute, c'est lui qui nous a rendus fous! ». Comme il les voyait approcher dangereusement, il cessa de jouer. Néanmoins, sa musique tournait toujours en boucle dans la sono à cause de sa pédale *loop*. Il voulut prendre la fuite, mais la porte des loges était bloquée. Pour se défendre, il n'avait en sa possession que ses baguettes de batteur. Il les lança sur ses assaillants mais cela ne suffit bien-sûr pas à stopper leur fureur.

Il y avait devant lui une bonne cinquantaine d'individus hargneux, comprenant hommes, femmes et même jeunes adolescents. Tous lui portèrent des coups, pêle-mêle, se tapant les uns sur les autres par la même occasion.

Le prodige mourut ainsi, terrassé par le fruit de sa propre musique.

Heureusement, il n'y eut aucune autre victime à déplorer, juste un bon paquet de blessés légers.
Et bien entendu, personne ne sut dire qui avait fait quoi, le public étant dans un tel état d'envoûtement, il n'y eut aucune arrestation, aucun procès, aucun coupable. Les caméras n'étaient pas autorisées, et personne n'avait pensé à filmer même avec un téléphone portable. Alors qui pouvait bien dire qui avait fait quoi ?

Je me mets à votre place, en tant que lecteur. J'entends déjà certains s'élever : « Du boniment ! » Oui, mon histoire est difficile à croire. Oui, des éléments vous paraîtront invraisemblables. Pourtant, c'est bien la pure vérité. J'y ai assisté en personne à ce concert ! Un ami m'avait poussé à venir avec lui. Mais le son n'a eu aucune emprise sur moi. Je suis atteint de surdité partielle et mes appareils auditifs se sont mis à dysfonctionner alors que j'étais déjà dans la file d'attente pour entrer dans la salle. J'ai passé la plus mauvaise soirée de ma vie. J'entendais à peine un écho qui semblait venir de très loin, tel des murmures. Un peu comme si vous posiez un casque qui diminue le bruit sur vos oreilles. Je percevais alors faiblement les sonorités, les paroles ; je me représentais la beauté sans toutefois l'écouter vraiment. Et je regardais tous ces gens émus, alors que je ne l'étais pas moi-même.

Lors de la fin du spectacle, comme tout ce petit monde était en train de dégénérer, je m'étais planqué derrière un poteau situé à l'avant, près de la scène, ceci afin de ne pas recevoir de coup. Impuissant et terrifié, j'ai vu une horde de gens que je serais bien incapable de reconnaître, et le pauvre musicien se faire tuer sous un projecteur qui déversait une lueur blanche.

Mais une chose me chiffonne. A présent, au lieu de dire, en parlant de lui, quelque chose comme : il était exceptionnellement doué. Les gens avouent seulement à demi-mot, et c'est très réducteur je trouve : « Ah lui, oui, c'était un bon musicien. »

PAS AU POINT

« Maman, je peux aller jouer dehors maintenant ?
– Allez, vas-y mon chéri, mais fais attention, ne casse pas ton nouveau jouet !
– Non Maman, ne t'inquiète pas, merci Maman ! »
Julian sortit, tout heureux, suivi de son robot nouvelle génération qu'il avait surnommé Droïd. Il l'avait eu à Noël et comme il n'avait pas fait très beau pendant plus de deux semaines, c'était la première fois qu'il pouvait jouer avec dehors.
En intérieur, il avait déjà pu expérimenter quelques fonctionnalités comme jouer avec lui à des jeux de société ou parler de choses et d'autres. Le petit jouet avait réponse à tout, et puis s'il ne savait pas quelque chose, il mettait sa main au niveau de ses yeux artificiels et il cherchait des informations sur le web. C'était le tout nouveau modèle, le prototype x-23, il pouvait se connecter automatiquement au réseau le plus proche.

Enfin, petit jouet n'était pas un terme qui lui convenait pleinement car il mesurait quand même un mètre de haut. Mine de rien, on aurait dit un jeune garçon, l'apparence avait été bien travaillée.
Le visage était réaliste, de très loin on aurait presque pu croire à un véritable être humain. Sa démarche, elle aussi, était presque trompeuse.
De près, on remarquait par contre un peu plus que certaines choses ne collaient pas. Même si la couleur et l'aspect de la peau pouvaient laisser penser à celle des humains, certains mouvements étranges que le robot faisait ne laissaient aucun doute. Sa tête, par exemple, oscillait parfois de manière régulière de haut en bas, comme si elle était montée sur ressort. De plus, il arrivait aussi que ses bras se mettent à se mouvoir brusquement, et cela, notamment quand il déambulait.

En cet après-midi de mi-janvier, le ciel était bleu, la température était d'environ 10° Celsius, c'était un temps idéal pour se dégourdir les pattes dehors.
A l'aide de la télécommande, Julian activa la fonction « jeux de ballon en plein air ». Il tapa du pied dans le ballon et, petit miracle, le ballon lui revint en l'espace d'une seconde, même pas. Le robot avait analysé la bonne distance puis avait frappé avec la puissance idoine, en moins de temps qu'il ne fallait pour le dire. C'était une superbe passe, parfaite. Ils continuèrent de se faire des passes pendant une dizaine de minutes, avec quelques variantes. Le robot

était un bon joueur : il pouvait faire des passes de la tête, du genou, même des amortis de la poitrine.

Derrière sa fenêtre, Noé Poistigne, le père de Julian, regardait la scène avec amusement mais aussi avec un peu de regrets. Il était chef des opérations dans une firme qui élaborait elle aussi des robots, même si l'appellation d'humanoïde aurait été dans leur cas plus appropriée. Son agence était plus performante et ce jouet issu de la concurrence, bien qu'intéressant aurait clairement pu être amélioré sur plusieurs points. Il n'était pas aussi perfectionné que le modèle sur lequel ses collègues et lui planchaient. En ce moment, ils mettaient en place un tout nouveau prototype révolutionnaire, en prenant appui sur un projet de grande envergure.

Un modèle hautement plus abouti qui était d'ores et déjà capable d'interagir socialement sans télécommande. Un modèle qui était, lui, doté de la pensée ainsi que d'une motricité plus complexe. Un modèle néanmoins pas encore au point.

Ce petit jouet x-23 était quand même largement suffisant pour s'amuser. Et il aurait bien aimé avoir le même quand il était enfant. Lui aussi avait été fils unique et lui aussi connaissait le sentiment de solitude qui devait souvent assiéger Julian. Il y avait bien quelques camarades d'école qui venaient de temps à autre jouer avec lui mais la plupart du temps, le gamin se retrouvait seul avec lui-même, ou pire, seul devant un écran pendant de trop longues heures. Le robot x-23 n'était pas bien cher. Avec sa femme, ils n'avaient pas hésité trop longtemps, c'était une bonne alternative à un animal de compagnie. Il n'y avait pas de poils, il ne fallait pas le nourrir. Et la batterie, le vendeur l'avait convaincu avec cette histoire de batterie, il pouvait passer facilement une centaine d'heures en mode « jeu » sans être branché et un millier d'heures en mode « conversation ». Le must : il pouvait très bien se recharger avec les rayons du soleil. En deux heures, il atteignait la charge complète. Se remémorant tous ces avantages, il se décida à aller taper un peu dans le ballon avec eux.

Ludovic Blancart habitait le même quartier, dans la maison derrière celle des Poistigne. Il rentrait du travail. Il se rendit directement vers sa poubelle afin de vérifier si le camion automatique était bien passé. Il appuya sur un interrupteur et une facturette émergea de la fente dédiée à cet effet. Il déchiffra :
1,842 kilos de déchets non recyclables, facturés à la fin du mois.
921 grammes de déchets recyclables, non facturés.
Total du mois : 8,25 eurocreds

Ludovic s'étonnait encore parfois de cette invention. Il s'en tirait pas mal, en moyenne 15 eurocreds par mois. Mais il ne pouvait s'empêcher de penser que toute cette technologie finirait un jour par se ratatiner ou alors au contraire qu'elle prendrait le pas sur les Hommes. Les métiers s'éteignaient un à un, hôtes de caisse, agents de propreté, chauffeurs de taxi, etc. Tout était de plus en plus automatisé.

Il contourna la maison et laissa se reposer sa poubelle dans son local. Alors, comme il entendit des éclats de voix, il observa un moment les trois joueurs. Il fit la remarque à Karen, sa femme, qui avait, elle, un avis toujours très positif à propos des avancées de l'intelligence artificielle et de la cybernétique :
« Chérie, tu crois pas qu'ils en font un peu trop maintenant ? Regarde le robot des voisins, on dirait un vrai gosse !
– Oui, je l'ai vu, il est mignon ce robot ! Et toi, tu es bien content d'avoir ton portable dernier cri, non ?
– C'est pas pareil, ça a rien à voir ! T'es idiote ou quoi ? »

Ils allaient commencer à s'engueuler, il le sentait bien. De toute façon, elle n'était jamais d'accord avec lui. Depuis plusieurs années déjà, l'ambiance s'était détériorée au sein du couple. Mais à cinquante ans passés, on a du mal à admettre qu'on ait pu se tromper de partenaire pendant si longtemps. Trente ans qu'il étaient ensemble, alors leurs petites disputes, c'était sûrement le lot à supporter pour vivre encore à deux.

Sur son portable, Ludovic consulta un site spécialisé en vente de robots. Lui aussi, il en voulait un maintenant. Peut-être que, s'ils avaient ça en stock, il en choisirait un plus grand avec une allure féminine. Ça pourrait parfaitement remplacer Karen, il pensa en souriant, alors qu'il tapotait sur son phone en regardant sa femme s'éloigner.

      Lom se sentit soudainement envahi par un profond sentiment de lassitude. Seul dans son appartement du rez-de-chaussée, il était assis sur le canapé. Ses deux mains formaient un « u » dans lequel sa tête était encastrée. Il réfléchissait : cette solitude est étrange, elle me fait me sentir mal.
Il lui semblait que cela faisait trop longtemps que ça durait, mais c'était peut-être la première fois qu'il y songeait aussi intensément. Le non-sens, la tristesse qu'il éprouvait, il ne savait même pas au juste quels en étaient les motifs.
Son travail, il ne le comprenait pas toujours très bien. Pourquoi devait-il sourire même s'il n'en avait pas envie ? Est-ce parce que lorsque l'on souriait on devenait meilleur vendeur ? Mais parfois les gens souriants étaient de mauvaises personnes. Il en avait encore eu la preuve ce jour : un client avait tenté de voler un produit en le dissimulant sous son manteau, et tout cela avec un large sourire.
Tout lui parut fade d'un seul coup : sa petite vie, son emploi, les gens qu'il connaissait. Il n'en connaissait d'ailleurs pas assez, des gens. Ses souvenirs étaient confus : il savait qu'il avait une famille mais il ne se rappelait même pas où elle était. Il avait effectué une recherche dans l'annuaire mondial et aucun nom comme le sien n'était apparu.

Et il lui semblait bien qu'à la télévision un jeune homme tel que lui, ne restait pas toujours seul comme cela. Il y avait bien cet ami, Aurèle, qui lui rendait visite de temps à autre et qui lui apportait de quoi se nourrir, mais à part ça, c'était tout.

Une détresse insoutenable s'insinua dans son esprit. Il se dit qu'il ferait mieux d'en finir. Il se rendit dans la salle de bain et sortit une lame de rasoir du petit meuble sous le miroir. Une rapide rotation de la gauche vers la droite, et un liquide rouge, qui tirait sur le noir, jaillit de sa gorge. Il ne ressentit rien, ni peur ni douleur. Un éclair blanc brouilla sa vision. Son corps tomba, privé de conscience.

Dans l'appartement du deuxième, derrière son écran de contrôle, Noé Poistigne se retourna vers l'équipe et pesta. « C'est pas possible, c'est la deuxième fois en un mois qu'il nous fait le coup ! Activez-vous, recousez-moi tout ça avant que les circuits ne soient touchés et les organes détériorés. » Puis pour lui-même, il dit : « Mais qu'ont fait les techniciens ? Ils se sont crus dans la série Westworld ou quoi ? »

La porte d'entrée s'ouvrit avec fracas. Il avait fallu la défoncer : Lom avait laissé les clés sur la serrure. Les deux agents de santé habillés tout de blanc, Pier et Aurèle, se dépêchèrent autant qu'il leur était possible. Avec leur combinaison, leur masque et tout leur matériel médical, ce n'était pas pratique du tout.

Dans l'oreillette, Pier entendait la voix du chef qui le guidait. Tout son discours était émaillé de gros mots et de vociférations diverses. S'il surveillait son langage à la maison, au boulot le chef s'en donnait en revanche à cœur joie

« Vous faites gaffe avec la cautérisation, bordel ! Nom de non, je veux un Lom joyeux, qui a le moral, et pas un Lom qui a des cas de conscience ! Que peut-on faire Doc ? »

Le docteur ès robotique, M. Grobade, était aux côtés de Poistigne, il effectuait des mesures concernant différents pics moléculaires. Il donna son avis sur la question : « Il faut lui intégrer une capsule de Tricytopram de 1,5 grammes à libération ponctuelle, à raison de 0,15 grammes quotidiens divisés en trois doses. A reparamétrer si besoin est. Elle se trouve dans la trousse de secours. Il faut l'implanter directement dans la partie sud du thalamus. Je vais marquer l'emplacement sur le schéma en 4D et l'envoyer en pièce-jointe sur la tablette des techniciens.

– Vous avez entendu le doc les gars ? Une jolie incision et c'est parti ! Ce con de Lom a sûrement un problème de re-capture au niveau de ses circuits neuronaux.

– Très bien monsieur, mais ne croyez-vous pas qu'il risque de faire un rejet ? objecta Pier dans son micro.

– Je ne suis pas assez qualifié pour le garantir. Bon, débrouillez-vous comme vous voulez mais vous me

le réparez. Faites lui un scan et on expédiera ça aux ingénieurs du labo. Je rappelle à tous ceux présents ici qu'il doit être opérationnel dans dix jours, date à laquelle les allemands arriveront.
– Ok, chef ! »

Il est marrant, lui, médita Pier. Sans doute que les gars qui avaient conçu le cerveau avait raté quelque chose quelque part. Dans ce cas là, il aurait peut-être mieux valu transporter le corps ailleurs, lui ouvrir le crâne et reconnecter manuellement sa puce d'âme. Bien-sûr cela aurait coûté très cher, en temps et en argent... Mais ça aurait été la méthode la plus sûre.

Enfin, il s'appliqua quand même à suivre les ordres. Il n'oubliait pas que toute l'opération était filmée, l'appartement du cobaye étant saturé de mini-caméras.

Ils firent du boulot de pro. Pier s'attela à la suture : la cicatrice n'était même pas visible. Il faut dire que la peau était synthétique, beaucoup plus souple et plus élastique que la peau humaine.

Aurèle s'employa à l'acte de chirurgie crânienne, puis il régla le doseur médicamenteux de la capsule connectée. Il actionna le curseur de la tablette sur « dose quotidienne » et choisit ensuite la bonne entrée. Anti-dépresseur en 150 mg : 60 mg le matin, 60 mg le midi et 30 mg en fin de journée.

Cela devrait largement suffire comme ça, se dit-il pour lui-même. Il n'était pas un grand expert en ce domaine, il avait stoppé ses études de médecine au bout de quatre ans pour se spécialiser dans l'informatique. Il était beaucoup plus intéressé par tout ce qui avait un lien avec la programmation.

Le corps était là, intact, attendant une impulsion électrique pour ressusciter. Pier et Aurèle sortirent en prenant soin de nettoyer les tâches de sang artificiel et d'effacer leurs propres traces ; ils laissèrent juste une bouteille de whisky, pratiquement vide, à côté du sujet. La porte d'entrée était déjà réparée. Tout était en place.

Lom se réveilla vers 9 heures. Il avait mal au crâne et une légère douleur à la gorge. Il se mira dans la glace. Tout lui parut normal : pas de ganglions, pas d'inflammation. Peut-être juste une impression, se rassura-t-il. Il se retourna et vit dans la baignoire une bouteille de whisky. Il ne se rappelait même pas avoir bu une seule goutte, mais ceci devait expliquer cela, il avait du vider la bouteille, tomber ivre mort et ne plus se souvenir de rien. C'était sa marque préférée, du scotch écossais de quinze ans d'âge. Oui, il avait dû commencer à le siroter dès la tombée de la nuit et ne pas avoir réussi à se freiner. Bah, pensa-t-il, ça va quand même pas trop mal.
Il n'avait pas d'envie de vomir et étrangement il se sentit plutôt heureux, content de son sort. Il tourna le bouton d'eau chaude et prit une douche en chantant. Il était en retard à son travail mais ça lui semblait le cadet de ses soucis.
Il appela quand même le patron pour le prévenir, avala un petit-déjeuner en quatrième vitesse puis

enfourcha son vélo. Le commerce dans lequel il travaillait se trouvait à peine à dix minutes de chez lui. Il avait siffloté tout le long du chemin. Il pleuvait mais il voyait le ciel bleu au loin, derrière les nuages gris. Il se promit qu'après son service, si le temps s'était amélioré, il irait se promener, admirer le reflet du coucher de soleil sur les étangs gelés, pas très loin de la ville.
Le reste de la journée se déroula sans embûche. Lom accomplit son travail avec entrain et son patron ne lui tint même pas rigueur de son retard, il le laissa même partir quelques minutes avant la fin. « C'est bien, c'est même très bien, lui avait-il répété. Je suis vraiment content de toi. Et puis, tu étais bien souriant aujourd'hui, les clients étaient ravis de te parler. Continue comme ça. A demain. »

« La disparition des insectes en Europe Centrale cause des problèmes majeurs à l'environnement. Avec nous, plusieurs experts pour en discuter, et bien entendu à la fin de l'émission, le débat qui... ».
Noé Poistigne ordonna à sa télévision de s'éteindre en beuglant « Off ». L'écran transparent se plia en quatre et un rectangle opalescent aplati décorait à présent le meuble en face de son canapé. Noé alla à sa fenêtre en marmonnant. *Ce sont toujours les mêmes débats depuis des mois. L'environnement, oui, ils nous bassinent avec ça, mais ils vous font travailler à des dizaines de kilomètre de chez vous et ils vous parlent d'environnement. Chacun devrait*

pouvoir travailler à trois pas de chez soi ou ne pas travailler du tout, et ça, ça servirait la cause environnementale ! Ou alors il faut revoir les moyens de transport. Remettre les dirigeables au goût du jour ! Ou que chacun ait sa montgolfière personnelle. Car pour le vélo, tout le monde n'est pas aussi endurant que notre Lom. Et les insectes, les voitures polluantes… mais rien au niveau des robots. Ils feraient mieux de s'inquiéter plus au sujet des robots ! Ils finiront par tous nous gouverner un jour.

Emergeant de ses délires écologiques mi-extravagants, mi-cartésiens, il ouvrit le laptop de son boulot et passa en revue les enregistrements de la journée. Il accélérait quand ce n'était pas important. L'ensemble de la journée paraissait s'être bien passée. La caméra embarquée dans les yeux mêmes du sujet faisait quand même toute la différence. On avait vraiment l'impression de vivre la vie d'un autre homme, d'un vrai être humain.

Il appela les deux agents de santé de la veille pour les féliciter. Ensuite, il contacta les ingénieurs du labo. Ces derniers étaient sur le coup mais ils n'avaient pas plus d'informations.

Les allemands arriveraient dans neuf jours. Et comme dans le contrat signé, il y avait des pénalités de retard qui pourraient être imputées à la firme, tout ce qu'espérait Poistigne à présent c'était que Lom soit opérationnel le jour J.

Le premier modèle, Habil (la firme l'avait nommé ainsi en référence aux premiers hommes), ne les avait pas satisfaits : il avait des problèmes de mémoire et ne se rappelait parfois même pas de son propre prénom. Ça avait été trop compliqué pour fixer le problème. Les glandes ne tenaient pas bien en place et il était impossible de le soigner sans endommager la puce d'âme et donc sans ré-implanter des souvenirs. Cela aurait été trop onéreux sans être sûr du résultat.

Ils avaient décidé à l'unanimité de créer un nouveau cobaye : Lom. Deux mois à peine pour tout assembler. Et une période expérimentale de trois mois, déjà bien attaqués. Cela ferait bientôt deux mois que leur spécimen travaillait dans ce commerce. C'était la firme qui avait réussi à le faire embaucher sous le nom de Lom Sapensi. Des représentants, dont Poistigne, étaient venus rendre visite au patron qui n'était pas très regardant. Ils ne lui avaient bien-sûr pas révélé la vraie nature de Lom, ils avaient seulement dit qu'il était un peu spécial, qu'il avait des difficultés à s'insérer dans la société. L'agence avait même versé une aide financière qui paierait à elle seule les salaires de ce sujet particulier. Ainsi, Lom était devenu vendeur en électro-ménager.
Ses degrés de liberté n'étaient tout de même pas aussi élevés que ceux des humains. Il n'était pas complètement libre. Sa vie se résumait à son travail, sa télévision, et son téléphone portable qui lui permettait d'interagir comme bon lui semblait. Le but étant de voir comment il allait se développer.

Cela faisait partie du deal passé avec les actionnaires allemands. Ces derniers, qui s'étaient greffés à leur projet, désiraient un androïde humanisé au plus haut point. Un type qui serait capable de se fondre sans mal dans le décor, de travailler comme n'importe quel citoyen, sans aucun problème.

A terme, il était planifié que ces androïdes de nouvelle souche intègrent des équipes sportives pour les compétitions de football, de basket-ball ou de tennis. L'idée était même d'établir des équipes mixtes : Humanos / Humains. Voilà une idée qui ne manquait pas de prétention.

Pour l'instant donc, c'était toujours la phase d'observation. Lom s'en sortait bien mais il y avait eu ces deux incidents qui faisaient tâche dans l'historique. Pourquoi avait-il violé la dernière des trois lois d'Asimov ? A savoir qu'il avait porté atteinte à sa propre existence.

Un soir, peu de temps après sa mise en route, il était resté scotché devant une série américaine d'horreur trash dans lequel un des personnages se tranchait la gorge. La firme aurait dû penser à ce genre de souci et poser des censures. Cette image l'aura sans doute traumatisé et incité à réitérer cet acte. Il fallait juste espérer que ce ne soit pas la puce d'âme qui soit endommagée et qu'il s'agissait seulement d'une erreur de mémoire qui pourrait être rectifiée par les ingénieurs.

Noé Poistigne se persuadait que Lom serait le bon, il le pressentait. Quitte à le faire suivre par un psy… Il fallait juste qu'il tienne le coup d'ici à ce que les investisseurs soient là. Que ça ne fasse pas comme pour Habil. Quel fiasco ça avait été. Les allemands étaient repartis en pleurant de rire, il avait eu honte de son œuvre. Cela dit, aucun frais de retard n'avait été exigé pour cette première mouture. Les actionnaires avaient quand même été corrects sur ce coup, ils avaient compris que l'entreprise nécessitait encore plus de temps.

Noé constata qu'il était déjà tard, sa femme et son gamin dormaient déjà. Il monta à l'étage, dans son lit individuel. Il allait se plonger dans un état de sommeil forcé. Il plaça son casque et apposa les électrosomnies sur sa nuque. Deux heures qui équivaudraient à sept heures de vrai sommeil ! Ce procédé novateur était sorti sur le marché il y a peu de temps et il ne fallait pas en abuser car on ne connaissait encore pas bien les effets secondaires. Mais beaucoup de personnes, dont Noé, l'avaient tout de même adopté dans le but de pouvoir multiplier leurs activités.
Noé s'endormit sereinement, en pensant à Lom.

Trois jours plus tard, Lom était rentré dans son appart à 19 heures. Il fit cuire un paquet de pâtes et s'installa devant la télé. C'était une émission appelée « La mémoire des dialogues » dans laquelle les participants devaient se souvenir des répliques de film. Lui, il les connaissait toutes par-cœur. Cela l'étonnait d'ailleurs souvent car il ne parvenait pas à se souvenir comment il avait pu emmagasiner autant d'informations. Peut-être à l'école, peut-être avait-il vu ce film il y a des années. Il pensa à tenter sa

chance un jour lui aussi, à participer au jeu. Il pourrait bien devenir riche et célèbre, qui sait.
La soirée se passa dans le calme. Il discuta plusieurs heures par texto avec une collègue qu'il trouvait très jolie. Irène. Elle était vraiment sympathique, et magnifique avec sa chevelure noire, son regard intense, et sa ridule au coin de sa lèvre supérieur quand elle riait… Il ne l'avait rencontrée que depuis quelques semaines mais il l'aurait déjà épousée si elle l'avait voulu. Le sommeil prit ensuite le dessus sur lui rapidement.

      La semaine s'était envolée sans que rien de grave ne soit à signaler. Les employés de la firme se demandaient comment Lom allait occuper son week-end. Les semaines qui avaient précédé son deuxième suicide, il n'avait rien fait de spécial. Il avait passé du temps devant sa télévision, mangé toute sorte de nourriture, bu divers alcools.
Ce samedi allait être différent et peut-être que ça allait être compliqué à gérer pour l'équipe. Ça, Pier, qui était de garde ce soir-là, en était persuadé. En effet, Lom avait osé inviter Irène à sortir et cette dernière avait accepté. Ils iraient au resto puis au bowling.
Plusieurs gars de l'équipe étaient également de permanence dans les locaux.
Tous étaient plutôt amusés et fiers de leur cobaye. Il se débrouillait bien et ils n'étaient sans doute pas étrangers à ce petit succès.

« C'est vrai, dit l'un d'eux, un homme qui devait avoir l'âge supposé d'Irène, qu'elle est vraiment très belle ». Mais ils se demandèrent bien ce qu'il pourrait advenir si jamais elle voulait prendre un dernier verre chez elle. Ou pire, chez lui, dans l'immeuble où la firme avait ses propres bureaux. Elle se rendrait peut-être compte de la supercherie.
« Que se passera-t-il s'il se met nu devant elle ? » avait lancé un employé de la régie. Un juriste avait dit qu'ils devraient couper les caméras car ce n'était pas légal de filmer leur relation, et que d'ailleurs, il étaient déjà dans les limites de la légalité robotique. Une femme avait répondu : « Il ne faut pas que cela arrive, elle se rendra compte dans la seconde que son sexe n'est pas normal et elle risque de péter un câble. » Là dessus, Pier avait enchéri : « Et imaginez un instant que cette femme soit elle aussi un cobaye d'une autre entreprise ! » Toute l'équipe avait ri mais la réflexion de Pier n'était sans doute pas si bête.
Aurèle, pragmatique, avait imaginé : « Le pire serait que ce soit lui qui se rende compte qu'il n'est pas normal. »
Certains commençaient à ressentir de l'anxiété au moment où Lom quitta son domicile pour aller retrouver la demoiselle devant le restaurant. Noé Poistigne rassura tout le monde en leur certifiant qu'il saurait quoi faire le moment venu.

Tout se passa comme dans les films : la soirée était romantique et drôle en même temps. Au restaurant, Lom plaisantait avec le serveur, ce qui faisait rire Irène. Il avait bien remarqué que ses yeux brillaient. Il n'en était pas totalement certain mais il pensait que ça devait être un signe positif.

Le bowling fut également un bon moment. Bien qu'il n'avait aucun souvenir d'y avoir joué un jour, il se révéla performant. Il avait même clairement eu l'impression qu'il aurait pu faire des strikes à chaque fois qu'il catapultait la boule sur la piste. Mais il n'avait pas voulu passer pour un champion, si bien qu'il avait fait exprès de finir avec le même score que la jeune femme qui l'accompagnait. Sur les deux parties de suite. Bien entendu, à la fin, il prétexta le hasard. Irène, elle, se moqua gentiment de lui : « J'aurais pu gagner mais j'avais peur que tu le prennes mal ! ». Il ne sut pas dire si c'était drôle ou non.

A la sortie, vers 1h du matin, il l'enlaça et l'embrassa. Elle souriait et avait l'air très heureuse. Mais quelque chose d'impensable se produisit lorsqu'il lui dit une réplique, qu'il avait sans doute déjà entendue à la télévision : « On peut aller chez moi si tu veux ».

Elle était sur le point de dire oui, toute souriante qu'elle était, c'était sûr. Et sans qu'il ne sache pourquoi, il se tint la tête l'espace d'un instant comme s'il était frappé par une migraine fulgurante puis il déclara d'un ton inhabituel, glacial : « Non, oublie ce que je viens de dire, il vaut mieux que l'on se revoit lundi, d'accord ? ». Il s'en voulait d'avoir prononcé cette phrase mais elle était quasiment sortie toute seule de sa bouche, sans qu'il ne l'ait voulu, sans même qu'il n'ait eu le temps de se rendre compte de ce qu'il prononçait. Irène fit la moue mais n'insista pas. Elle lui dit au revoir et appela le premier taxi qui passa pour rentrer chez elle. Lom rentra chez lui à pied. Il avait presque deux kilomètres à faire mais se convainquit que marcher lui ferait du bien, il se sentait un peu mou. Il ne savait pas comment cela était possible : il avait le sentiment qu'il ne contrôlait pas tout à fait ses mouvements.

Dans la salle des écrans, Poistigne remuait la tête, plutôt content de lui. Depuis son laptop, il avait en quelque sorte enclenché le pilote automatique. Il savait que l'on pouvait contrôler à distance ce nouveau modèle mais il n'avait pas imaginé que cela se serait si bien passé. En effet, les techniciens l'avaient prévenu qu'il valait mieux éviter d'avoir recours à cette méthode trop souvent car cela pouvait être très dangereux, surtout si Lom était à proximité d'êtres humains.
Les autres membres de l'équipe ne savaient pas trop quoi en penser. Pier admit que, certes, il ne valait mieux ne pas prendre le risque que la fille découvre le pot-aux-roses. En revanche c'était un peu cruel de jouer avec les sentiments de Lom. Il avait passé de nombreuses heures à regarder ses faits et gestes, il s'était attaché à lui. Ce n'était pas un vrai homme, bon ça il le savait. Mais d'un point de vue déontologique, avaient-ils le droit de se comporter comme cela avec lui ? La charte de la firme était floue sur ce point, et puis les lois gouvernementales

elles-mêmes ne disaient pas comment procéder dans ce cas de figure.
Etait-il moral de créer un robot qui ne savait pas qu'il en était un ? Aussi humanisé qu'il puisse être... Humanoïdisé... Mais une chaise en bois, un fer à repasser, un lave-linge, savaient-ils qu'ils n'étaient que des objets inanimés ? Seulement, ces objets ne vous invitaient pas à dîner... Ces espèces d'élucubrations pseudo-philosophiques animaient la conscience de Pier lorsqu'il assista au retour de Lom. Ce dernier s'affala instantanément sur son lit et s'endormit.

Le jour J était enfin arrivé. Les investisseurs allemands devaient arriver d'une minute à l'autre et Poistigne qui tenait fermement son portable dans les mains avait l'air hors de lui.
« Comment ça ! il hurla. Pas avant samedi ? Trois jours ? Mais c'est quoi cette foutaise encore ? »
D'une part leur aéroport était fermé pour cause de tempête, et d'autre part un des investisseurs allemands, Hermann, était malade. Ils étaient forcés de repousser l'entrevue à samedi. Poistigne se calma lorsque quelqu'un lui fit la réflexion que cela rallongeait la phase de test et qu'ils gagneraient en crédibilité.

Samedi. Lom, avait de nouveau osé donner rendez-vous à Irène, mais au cinéma cette fois. Les allemands, au nombre de trois, débarquèrent pile lorsque le spécimen sortait par le portail de la

résidence. Ils purent donc l'apercevoir en chair et en os synthétiques. S'ils n'avaient pas eu en leur possession des photographies et des vidéos de lui, ils n'auraient jamais cru que ce type n'était pas humain.
Il entrèrent dans l'immeuble et Hermann ordonna à l'ascenseur de monter au deuxième étage. « Zwei ! ». L'ascenseur, polyglotte, obtempéra. Pas besoin d'appuyer sur un bouton et de se salir les mains, la commande vocale s'imposait un peu partout sans que personne ne trouve rien à redire.

Poistigne les accueillit avec son plus large sourire. Il avait mis une tenue chic et une cravate, ce qu'il ne faisait que dans de rares circonstances. Il leur serra la main et s'inclina poliment.
« Messieurs, j'espère que vous avez fait bon voyage ! C'est un plaisir de vous revoir. Ah, Hermann ! Votre santé ? Ça va mieux ? » Stressé, il ne laissait pas les visiteurs en placer une. « Vous avez vu notre modèle à l'instant, et ne me demandez pas comment je le sais, je vous ai vus avec ses yeux ! », jubila-t-il, exubérant tel un joueur de foot qui viendrait de marquer un but. Il montra des mains les moniteurs de contrôle derrière lui.
« Vous voyez, nous avons ajouté des fonctionnalités et des modifications depuis la dernière fois. Oh, vraiment, pardonnez-nous encore pour tout ce temps perdu. Nous sommes vraiment confus, mais cette fois, oui cette fois, c'est la bonne !
– Monsieur Poistigne, c'était Hermann qui parlait, nous sommes plutôt impressionnés. Nous avons

visionné toutes les vidéos que vous nous avez envoyées. Ce serait évidemment parfait si nous pouvions avoir une entrevue avec lui. Mon collègue Jonas, ici présent, qui a conceptualisé le nouveau stade du Bayern, il a des contacts avec des recruteurs et il voudrait lui parler. De même, que mon autre collègue ici présent qui souhaiterait tester son niveau d'empathie. Mais d'abord, nous avons l'intention de voir si, contrairement au dernier, votre sujet se souviendra comment rentrer chez lui.
– Ahaha, c'est désopilant, en effet, oui, vous faites bien de vous moquer un peu. Mais il faut oublier Habil, l'ancien. Oui attendez de voir ce modèle-là en action. Vous êtes déjà informé que nous l'avons appelé Lom. Il peut parler une quinzaine de langues sans difficulté. Il a également affiché des progrès constants tout au long de ces deux mois d'essai. Il a même réussi à séduire une très jolie jeune femme que vous allez pouvoir apercevoir dans un instant, vous allez voir ça. »

En effet, le visage d'Irène se dévoila sur les écrans. Les allemands prirent alors une mine tout à fait sérieuse. Ils semblaient réellement intéressés, leurs airs malicieux avaient disparu de leurs regards.
« Nous allons bientôt le faire revenir, vous pourrez lui parler si vous le souhaitez » ajouta Poistigne.

Cependant, Lom et Irène étaient entrés dans le hall du cinéma. Il y avait là une guitare acoustique en exposition, sur laquelle pouvaient jouer ceux qui le désiraient. C'était la même initiative que celle d'installer des pianos dans les gares pour les voyageurs. Irène, en passant devant, avoua qu'elle aurait tellement adoré savoir en jouer. Sur ce, Lom se saisit de l'instrument et interpréta magistralement une chanson de Dire Straits : *Sultans of Swing*. Puis encore un florilège de Jimi Hendrix, dont *The wind cries Mary* et *Castle made of Sand*.

Pendant qu'il grattait les cordes, il entendit distinctement une femme portant un blouson en cuir appeler sa fille : « Allez viens ma puce, le film va commencer ! » et au même moment un autre homme dire : « Eh, tenez, Madame, vous avez fait tomber votre foulard ! » Cela créa une sorte de confusion dans l'esprit de Lom qui reposa l'instrument sur son socle.

« Oh, Lom, où as tu appris si bien à jouer ? » demanda Irène, ébahie.

Lom porta la main à sa bouche, il ne répondit rien, il n'avait pas cette information en mémoire. Cette question le perturba.

Ils étaient à présent entrés dans la salle de cinéma. Le film était un remake de *Blade Runner*. Ils s'étaient assis dans la rangée du fond. Mais lorsque les bandes-annonces débutèrent, Lom fut de nouveau pris d'un mal de tête. Ce film, ce cinéma, cette ville, cette femme à côté de lui. Tout cela lui parut plus que douteux.

Il s'excusa en bafouillant auprès de la jeune femme. « J'ai oublié quelque chose chez moi. Oui je crois que c'est chez moi. » Il ne savait même pas ce qu'elle lui avait répondu. Il se mit à courir hors du cinéma puis pressa le pas pour rentrer à l'appartement. Au bout de quelques foulées, il sembla changer d'humeur. Il paraissait indécis, ne sachant pas s'il devait retourner au cinéma ou rentrer dans l'immeuble. Un choix cornélien. De plus des mots obscurs résonnaient dans son crâne : « Ma puce… Madame… Ma puce, M'dame... »

« Ach, déclara Hans, perplexe. Votre modèle a-t-il un problème ?
– Pas d'inquiétude, il va finir par rentrer, il a peut-être juste un remord d'avoir laissé une beauté pareille là-bas, seule dans ce cinéma. (Poistigne tripotait nerveusement des touches sur son laptop.)
– Croyez-vous, Herr Noé, qu'il puisse avoir des sentiments pour elle ? s'enquit Hermann, en souriant.
– C'est possible, en fait ses capacités m'étonnent de jour en jour » répondit Poistigne.

Il y avait pourtant une chose que personne n'avait prévue. A part peut-être le Dr Grobade, sauf que ce dernier était en repos ce jour-là. La dernière dose d'anti-dépresseur avait été injectée dans l'organisme de Lom avant-hier en fin de journée. D'une part, c'était une dose infime qui ne faisait plus d'effet. D'autre part, le fait que Poistigne ait voulu de nouveau contrôler l'humanoïde avait conduit à un bug. Sans parler des mots qui faisaient tilt dans son crâne : « Ma puce M'dame ».
La commande manuelle ne voulait plus rien savoir. Lom était libre.

De retour dans son appartement, il composa le numéro d'Aurèle afin que ce dernier lui apporte de la bière.
« Ah vous voyez, dit Poistigne, notre bonhomme adore la bière ! Vas-y Aurèle, descends lui un pack, et prends de l'IPA, c'est celle qu'il préfère. »
Aurèle, muni du précieux breuvage, pénétra dans l'appartement. Mais Lom le saisit alors par le col en l'implorant : « Ma puce d'âme, dis moi où est ma puce d'âme ». Aurèle se débattit et parvint sans trop de mal à s'enfuir pour remonter à la salle de contrôle. La première Loi qui précise qu'un robot ne pouvait pas blesser un être humain avait été respectée.

Dans la tête de Lom, c'était de nouveau la même sensation de vide, d'irréalité. Il était persuadé d'avoir déjà ressenti ça un jour. Poistigne présageait déjà le pire et il avait raison. *Bon sang, pourquoi ne pas avoir pensé à les lui enlever ?* songea-t-il pour lui-même.
Lom s'empara d'une lame de rasoir dans le meuble sous le miroir de la salle de bain. Une rapide rotation de la gauche vers la droite, et un liquide rouge, qui tirait sur le noir, jaillit de sa gorge. Il ne ressentit rien, ni peur ni douleur. Un éclair blanc brouilla sa vision. Son corps tomba, privé de conscience.
Le visage de Poistigne était lui aussi d'abord devenu rouge foncé puis était passé d'un seul coup au blanc le plus pâle qui soit. Il songea aux coûts pour remplacer la puce d'âme, aux frais qui allaient s'appliquer.

Horrifiés, la bouche bée, les allemands restèrent un moment sans dire un mot. Enfin deux allemands seulement, car le troisième, un dénommé Mensch, se précipita deux étages plus bas. Là, il entra dans la salle de bain, prit une lame de rasoir, et réitéra le même geste que Lom.

Dans une incompréhension générale, Noé Poistigne parvint tout juste à bredouiller des ordres à Pier, qui commençait à avoir l'habitude, et à un autre agent de santé nommé Fredi.

« Ach, c'est incroyable. Le nôtre non plus n'est pas encore au point ! articula enfin Hermann, encore sous le choc. Nous sommes désolés de ne pas vous avoir prévenu que nous avions emmené notre propre cobaye. C'est très malencontreux. »

Noé Poistigne rentra à son domicile avec un vague-à-l'âme terrible ce soir-là. Bon, tous s'étaient quittés bons amis, les humanos avaient été recousus et les allemands avaient assuré que la clause sur les pénalités de retard était caduque.

Mais quand même, Noé était démoralisé. Ces histoires de machines qui mettent fin à leurs jours, c'était trop pour lui.

Il regarda longuement le jouet du gamin, le petit Droïd x-23 qui se tenait sagement en veille dans le salon. Non, celui-là ne serait jamais transféré au Bayern de Mannheim ou alors à l'Olympique d'Angoulême, mais au moins, lui, il était bien.

L'entreprise qui l'avait élaboré avait vu juste : un robot ni trop ni pas assez humain.

LE TEST HUMANO-METRIQUE

Deux psychologues de l'entreprise -un homme et une femme- faisaient face à Marcus Wazmann, employé par la firme SAT (Sécurité Aérienne et Terrienne) depuis maintenant cinq ans.
Armés de feuillets, crayons carbone, tablettes tactiles, caméras munies de capteurs rétiniens, ils avaient l'air fin prêts pour démarrer l'interview.
Marcus n'en menait pas large, il redoutait ce test humano-métrique. C'était compliqué, il en avait déjà entendu parler. Il y a deux ans, un type embauché ici s'était fait choper, enfin un type, pas vraiment.
Plutôt un type de machine créée de toutes pièces qui avait réussi à passer à travers les mailles de l'entretien d'embauche. Le but de cette manœuvre ? S'insérer dans la firme, récupérer des données confidentielles et les communiquer à une autre firme d'un concurrent ou d'un pays étranger.

Marcus voulait réussir ce test. Il savait qu'en cas d'échec, il faudrait qu'il se mette tout nu et il devrait passer au scanner, à la recherche d'une éventuelle puce d'âme. Cela ne lui disait rien qui vaille, il avait du travail en retard et il allait encore perdre du temps. Il était probable que certains employés se soient plaints de son comportement. Cela marchait comme ça à présent, la dénonciation était prise très au sérieux. Et il fallait en passer par une enquête pour savoir s'il était oui ou non véritablement humain.

« Monsieur Wazmann, je vous en prie asseyez-vous, je suis Mme Colyne Izienne et voici mon collègue M. Armant Tawlhist. Je vous informe, en premier lieu, que cette entrevue est filmée et enregistrée. »
En effet, cette pièce était truffée de gadgets électroniques qui créaient une ambiance du genre interrogatoire criminel approfondi.
« Pouvez-vous nous dire si quelque chose ne va pas en ce moment ? interrogea la psychologue.
– Rien en particulier, tout va comme d'habitude !
– Des changements dans votre vie personnelle, peut-être ?
– Rien, je vous assure. Tout va pour le mieux.
– Bien, pour aller droit au but, certains collègues ont remonté à la hiérarchie un comportement non usuel de votre part. Exemples : vous n'allez plus à la machine à thé avec eux, vous ne décrochez pratiquement plus jamais un sourire quand vous discutez.
De plus, vous savez que la loi nous autorise à surveiller vos agissements sur les réseaux sociaux ?

Nos techniciens ont donc remarqué que vous n'aviez pratiquement plus d'activités numériques depuis plus de six mois ! Sur votre réseau obligatoire, vous n'avez pas changé de photo d'aperçu depuis deux années ! »

C'était en novembre 2035 que la loi concernant la pratique des réseaux sociaux avait été adoptée. Tout citoyen majeur et responsable devait s'inscrire sur au moins une plateforme virtuelle. Insérer sur son profil une photo de soi, type carte d'identité, avait été rendu obligatoire. Tout était devenu plus encadré. On avait encore le droit de prendre un pseudonyme mais il fallait préciser dans une rubrique à qui appartenait le compte. Cela était censé éviter les trop nombreux dérapages des années précédentes et aussi, d'une certaine façon, améliorer la lutte contre le terrorisme.

« Pour la machine à thé, je n'y vais plus depuis que le café est prohibé… Et pour ces histoires de réseaux, c'est si important que ça ? s'agita Marcus, presque amusé.
– Nous aimerions mieux comprendre. Lorsque nous vous avons fait l'honneur de travailler dans notre firme, vous étiez toujours connecté, toujours là à placer un petit commentaire drôle ou à prodiguer des smileys à vos collègues. Vous semiez les *like* sur vos réseaux sociaux comme un maître d'école distribuerait des images à ses élèves, même à ceux qui ne seraient pas sages. Votre nom, à côté d'un pouce virtuel miniature tourné vers le haut,

apparaissait sur des centaines de publications. Et depuis plusieurs mois, plus rien ! Faisiez-vous semblant dans le but de mieux vous incorporer ?

– Eh bien, c'est simple. Est-ce que cela ferait de moi quelqu'un de plus réel si je changeais de photo régulièrement sur l'internet ? Ou si je postais des vidéos à longueur de journée ? Que dites-vous de cela ?

– Ce n'est pas vraiment à vous de poser des questions. Savez-vous que les réseaux peuvent augmenter votre confiance en soi ? (le psychologue Thawlist, qui avait pris le relais, parut subitement agacé par les réponses de Marcus.)

– Oui, c'est ce que certains disent. D'autres disent que ça peut provoquer des troubles narcissiques, alors que dois-je penser ? Je me suis lassé, c'est tout.

– Désirez-vous réellement vous intégrer ?

– Cela va de soi, et j'aimerais d'ailleurs beaucoup m'intégrer avec ma chouette collègue Sara ! » s'esclaffa Marcus, plus détendu.

Mme Izienne griffonna rapidement dans un de ses carnets : « M. Wazmann prend certains commentaires sur le ton de la plaisanterie, cela pourrait traduire angoisse sous-jacente. »
Elle reprit :
« Autre question, M. Wasmann. Un petit peu plus personnelle. Auriez-vous des problèmes d'ordre intime ?

– Ma vie intime ne regarde que moi, s'emporta Marcus.

– Oui mais pas tout à fait. Vous n'êtes pas sans savoir que la nouvelle loi XXXVII, alinéa 3, tiret 4, permet à l'entreprise employeuse, je cite : "de pouvoir tracer les télécommunications de tous ses employés, et ce pour pouvoir garantir le rendement ainsi que l'épanouissement de chacun, et *de facto*, contribuer au bien-être de la société dans sa totalité." Qu'en dites-vous ?
– Pff, quelle loi absurde, souffla Marcus. Et alors qu'avez vous inspecté ?
– Justement rien, fit la psy avec une moue désolée. Vous regardez des documentaires animaliers, des séries en streaming. Mais au niveau de vos relations amoureuses -nous savons très bien que vous êtes célibataire- vous ne cherchez même pas à draguer des jeunes femmes sur internet, ou des jeunes hommes, excusez-moi, je ne connais pas votre orientation.
– Mais bon sang, qu'est-ce que cela peut bien vous faire ? » Marcus semblait de plus en plus exaspéré, à deux doigts de quitter cette salle.
« Nous pensons à votre bonheur, dit sérieusement la psy. De plus, je vois que votre dernière connexion à un site érotiporn remonte à deux ans et un mois. Vous n'êtes plus intéressé par des vidéos à caractère sexuel ?
– On part dans le grand n'importe quoi là, s'insurgea Marcus. Je vais m'en aller si vous continuez sur cette voie.
– Ce n'est pas n'importe quoi ! De nombreuses études d'experts ont prouvé qu'il était bon pour les êtres humains de visionner ces images. Cela permet

un relâchement de diverses molécules, sérotonine, endorphines, dopamine, et j'en passe, en outre…

– Balivernes, coupa Marcus.

– Laissez-moi terminer, monsieur. En réalité, sur la base de ces différents éléments, plusieurs de nos éminents dirigeants ont pensé qu'il y avait un problème avec votre être. Nous devons donc vous poser une dizaine de questions qui définiront votre degré d'humanité.

– Si vous n'avez que ça à faire ! Allons-y ! Mais j'ai des dossiers en retard, des mails urgents à envoyer, moi !

– Cela prendra une demi-heure tout au plus, ne vous inquiétez pas. Et cela ne sera même pas décompté de votre temps de travail.

– Très bien, dans ce cas, c'est parti… » soupira Marcus.

La psy réajusta ses lunettes sur son nez et organisa les documents sur la table. Son collègue pianota un instant sur un clavier numérique puis l'interview débuta.
Armand Tawlyst commanda d'abord à Marcus :
« Clipsez ce capteur au bout de votre doigt et collez cette électrode sur votre front. »
Puis Colyn Izienne embraya.
« Situation de guerre. Attaque de l'ennemi. Vous êtes militaire, en binôme. Votre camarade est blessé à la jambe, que faites-vous ? Vous n'avez que trente secondes pour répondre, dépêchez-vous, c'est une

mise en situation réelle. Les illustrations doivent défiler dans votre bas-conscient.
– Je, euh, je l'aide à marcher pour fuir.
– Mais il ne peut plus marcher, il est très mal en point… vite, cinq secondes.
– Je ne l'abandonne pas, c'est certain. J'ai fait mes classes lorsque j'étais jeune, vous pourrez vérifier, je connais la réponse.
– Bien ! Item suivant. Vous trouvez un billet de vingt eurocreds, sur le trottoir. Personne aux alentours. Que faites-vous et quelle serait votre émotion ?
– Je prends le billet. Je suis un peu gêné car vingt eurocreds c'est déjà une belle somme. Je crois que la personne qui l'a perdu sera certainement mécontente. En tout cas, personnellement, je suis plutôt ravi de le ramasser. »

Une pensée vint au psy Tawlyst : « réponse typiquement humaine, les machines ne sont pas matérialistes ».
Mme Izienne avait fait tourner un dictaphone scripteur, et les réponses de Marcus s'écrivaient en temps réel sur leurs écrans. Ses variations oculaires, cardiaques et infra-crâniennes étaient examinées à la loupe.
Les deux psys posèrent les questions à tour de rôle et la fin du test se faisait sentir.

«D'accord, plus que quatre items. Je vais vous faire écouter une musique, mettez ce casque et dites-nous tout ce que vous ressentez. »

La musique retentit dans les tympans de Marcus.

« Ah ! Quelle élégance Je déteste le classique mais celle-ci est géniale. Elle alterne l'énergie et le calme. Qu'est-ce que c'est ?

– C'est un morceau de Claude Debussy, en version accélérée. Il s'appelle le "Le petit nègre".

– Hein ? Quel titre offensant ! Cela devrait être interdit ! »

Les capteurs indiquèrent une ondulation au niveau du circuit de la colère. Marcus avait l'air réellement indigné.

« Vous savez, l'informa la psy, c'est une composition qui date de plus d'un siècle et demi. On ne peut pas l'interdire ou changer le nom du jour au lendemain.

– Bon, situation suivante, interrompit le deuxième psy. Imaginez cela : votre femme vous annonce qu'elle vous quitte pour votre meilleur ami. De plus, elle exige la totalité de vos biens ainsi que la garde exclusive de votre enfant. Que faites-vous ?

– Je serais dévasté, je me sentirais véritablement trahi. Et je ne lui laisserais rien ! Ah, ça alors, mais qui a établi ce questionnaire ? Ce ne sont que des inepties !

– Avant-dernière interrogation. Un autre de vos meilleurs amis vous annonce qu'il est atteint d'un cancer et qu'il n'en a plus pour très longtemps.

– Alors, déjà, vous savez déjà que je n'ai pas beaucoup d'amis. Je serais très triste. J'essaierais de faire des activités avec lui, dans la mesure du possible, de faire comme si de rien n'était. Oh, quelle question ignoble ! »

Le capteur oculaire se déclencha et la courbe de compassion atteignit le palier numéro huit, Marcus était visiblement très peiné.

« Dernier item. Une mouche ne cesse de vous embêter alors que vous êtes allongé tranquillement sur votre canapé devant votre série favorite. Que faites-vous ?
– Si c'était une guêpe, je l'écraserais sans aucune pitié. Une mouche, j'hésiterais. J'essaierais d'ouvrir la fenêtre et de la faire sortir. Je n'aime pas faire du mal aux mouches. »

Un des deux psys tapa sur une touche du clavier pour soumettre les réponses de Marcus au logiciel humano-métrique. Une icône moulina durant quelques secondes, et le verdict tomba : « Humain à 98,99 % ». Chaque rubrique était détaillée : une dizaine de lignes expliquait où il avait bien répondu et où il avait péché. C'était dans tous les cas un très bon score puisqu'il était impossible d'atteindre le maximum. Colyne Izienne et Armand Thawlitz parurent soulagés, quoiqu'un peu déçus car leur mission s'arrêtait là. Il se levèrent pour tendre la main à Marcus.

Au dix-neuvième étage, le directeur, Franck Ferliss avait suivi les tests sur son écran avec un vif intérêt. Sa tête dessina un mouvement vers la gauche de plus de cent trente degrés. Un moustique ou une autre bestiole volante avait piqué sa curiosité. Les yeux

marron du directeur devinrent opaques et leur logiciel interne étudia les données. Cela ne représentait pas de danger pour son être. Il songea : *ce Marcus quand même, c'est un sacré employé, et, selon le test, un vrai humain, comme on les aime. Oui, pas comme ces deux psys robotisés qui me font ressentir un sentiment de honte et de dégoût.*
Franck Ferliss saisit l'insecte entre ses deux doigts et lui ôta les ailes. Avec une mine joyeuse peinte sur son visage, il se resservit une tasse d'huile.

Marcus prit congé, et en sortant de la pièce, il serra le poing en guise de triomphe. Bien-sûr, toute cette cérémonie avait été éprouvante mais il s'en était bien tiré. Il avait même fait exprès de mal répondre à une question et de paraître hésitant sur quelques unes, comme pour la dernière par exemple. Il se doutait bien qu'une personne humaine agirait de la sorte.

Alors que sa lèvre supérieure s'étirait comme pour sourire, une de ses oreilles se décolla et se décrocha de sa paroi jusqu'à pendouiller dans le vide. Retenue par un mince filament de métal, elle n'était heureusement pas tombée. Son nez lui avait fait le même coup il y a six mois… Ceux qui l'avait conçu avait dû faire des fausses manipulations.

Marcus la remit d'aplomb, tant bien que mal, tout en espérant que personne n'avait été témoin de la scène. Il reprit sa marche, guilleret. Un bel avenir lui était encore promis au sein de cette firme.

PERDUES PARMI EUX

Tricia mit son vieux blouson en cuir sur le dos. Il fallait bien qu'elle y aille, pensa-t-elle, déjà pour la gamine, ensuite ne serait-ce que pour prendre l'air. Pas pour jouer leur jeu. Ça non, elle n'en avait vraiment pas envie. Déjà qu'elle était obligée de mentir à sa propre fille. Sa petite puce, Livia. Elle allait bientôt avoir onze ans. Le temps continuait tout de même de tourner. Les aiguilles sur l'horloge de la salle à manger en étaient la preuve.
Livia rentrerait au collège à la rentrée prochaine. Même si, à quoi bon au final ? Tricia se posait cette question une dizaine de fois par jour depuis pratiquement un an. « Un an », dit-elle à voix haute pour elle même, « ça fait déjà un an qu'on est perdues parmi eux ». Elle appela Livia afin qu'elle la rejoigne dans l'entrée :
« Tu vas être en retard, chérie, dépêche toi !
– J'arrive maman » cria la gamine depuis l'étage du dessus.

De toute façon, à quoi ça servait qu'elle aille à l'école ? A quoi cela servait qu'elle arrive à l'heure ? Pour Tricia, c'était indubitable : rien n'était plus comme avant, et sa fille s'en rendrait compte un jour ou l'autre. Il y a quelques semaines déjà, elle l'avait questionnée, en pleurnichant :
« Maman, à l'école, pourquoi il y en a, ils ont dit que je suis pas comme eux ?!
– Pas comme eux, répéta Tricia, bien-sûr que non, heureusement, et tu dois pas t'en faire pour ça ma petite puce. (Puis, en aparté, elle se laissa emporter par l'énervement.) Ce sont eux qui sont pas comme toi, ces sales enfoirés. »

Elle déposa sa fille devant la grille de l'établissement scolaire. C'était étrange comme tout était lisse. Un changement s'était opéré mais il était impalpable, elle le constatait à chaque fois qu'elle sortait. Oui, voilà un an songea-t-elle, qu'avait eu lieu ce cataclysme.

Elle se souvenait seulement avoir été ceinturée par une lueur blanche, c'était d'ailleurs certainement cela qui l'avait fait s'évanouir. Elle s'était ensuite réveillée dans la chambre paisible d'une clinique. Livia était là avec ses beaux yeux verts emplis de larmes, heureuse qu'elle soit en vie.
Puis, un psychiatre l'avait vue une fois par semaine pendant deux mois. Sa prescription médicamenteuse avait sans doute aidé Tricia à y voir plus clair.
Certes, elle n'avait pas perçu la transformation tout de suite, cela s'était fait petit à petit.

C'étaient de petites réflexions, de petits détails qui lui ont mis la puce à l'oreille. Et de fil en aiguille, toutes ces pistes lui avaient permis de l'amener à embrasser la triste vérité.

Une semaine après son réveil, pile quand elle démarra la voiture, la voix d'une journaliste divulgua dans l'autoradio : « nous avons pu nous procurer un portrait du robot, pardon, un portrait-robot... »

A partir de là, elle avait noté les éléments troublants qui l'assuraient d'une totale machination. Qui n'en était pourtant pas vraiment une, puisque rien n'était fait pour lui nuire. Mais selon elle, tout ici-bas était devenu un complot diligenté par des machines.

Elle avait de nombreux exemples qu'elle consignait dans un classeur.

Juste après l'épisode de cette journaliste gaffeuse, un de ses anciens collègues lui avait envoyé un texto dans lequel un indice devait être caché : « Il faut que tu tournes la page... Fais comme moi, j'ai des nerfs d'acier à présent. »

Quelques semaines plus tard alors que sa santé se rétablissait, en se baladant dans la rue, Tricia vit un môme tomber sur le goudron, s'égratignant le coude et l'épaule, sans pourtant saigner. N'importe quel gamin se serait mis à chouiner. Lui, non. Il s'est relevé en souriant. Et sa mère à côté de dire : « Oh, ce n'est rien, il est dur comme fer », en tapant sur son épaule.

Le mois dernier, elle avait attrapé une angine et elle avait dû se rendre chez le docteur, une prétendue patiente dans la salle d'attente lui avait signalé qu'elle était allergique à l'eau. Qui à part une machine, bourrée de fils électriques, pouvait être allergique à l'eau ? Était-ce seulement possible ? Elle avait mené son enquête sur le web, oui il y avait une chance sur plusieurs millions, mais elle n'y croyait pas. Ils avaient dû ruser.

Le docteur, lui-même, avait eu l'air suspect : son sourcil droit fronçait tandis que son sourcil gauche se relevait un peu vers son front.

Et à force, tous ces signes, ce n'étaient plus de simples coïncidences ou de la synchronie. Justement, c'était comme si l'univers lui envoyait ce message : regarde bien, à part ta fille, tu n'es entourée que de machines.

Elle avait failli craquer et piquer une crise. Elle aurait bien dit au docteur et aux autres patients leurs quatre vérités.

Mais alors elle avait songé qu'elle aurait pu passer pour folle, ce qui ne l'aurait sans doute pas dérangée s'il n'y avait pas eu Livia, puisque de toute façon elle aurait été folle dans un monde peuplée de gens qui n'étaient pas réels. Seulement, non, elle était restée sage, pour sa fille, et parce qu'il y avait toujours ce risque minime qu'elle puisse se tromper. Il lui manquait la preuve flagrante. Bien-sûr, leurs circuits et leurs câbles étant invisibles, il fallait trouver autre chose qui les accuse irréfutablement.

Lorsqu'elle s'était rendue compte de la supercherie, elle avait émis l'hypothèse qu'elle se racontait des histoires.

Il y avait la possibilité en effet qu'elle ait affaire à une société d'aliénés, de personnes qui étaient déséquilibrées, se complaisant toutes dans un état délirant.

D'autres fois, mais plus rarement, elle s'était dit que c'était elle-même qui était démente, qu'elle n'avait pas su supporter la catastrophe et elle s'inventait des fables pour ne pas avancer.
Mais elle avait lu un jour qu'un vrai fou ne se demande jamais s'il est fou. Or, elle, elle s'était posée la question des millions de fois. Elle n'était pas folle, et ni dupe non plus. Elle avait juste compris leur manège.

Ils avaient bien joué le coup en tout cas. Du jour au lendemain, tout ce monde qui avait été remplacé. Oui, elle, elle la savait la vérité. Même si parfois, des milliards de morts, comme ça, d'un coup d'un seul, en l'espace de quoi, une poignée d'heures, ça lui semblait irréel, elle avait dû se rendre à l'évidence. Ceux qui restaient là n'étaient plus des humains. Et pourtant ils avaient réussi à faire comme si. Ils avaient même réussi à prendre l'aspect des gens qu'elle côtoyait, des gens qu'elle aimait autrefois.
Elle et Livia avaient dû déménager dans cette ville pour se rapprocher de sa soi-disant famille. Et sa fille, qui semblait si forte, faisait comme si de rien n'était. Mais ça ne pourrait sûrement pas continuer éternellement.

Des saletés de machines, voilà ce qu'ils sont tous. Et certaines m'ont dit qu'il faut faire comme avant, que peut-être tout n'était pas perdu. Mais pourquoi nous gardent elles encore vivantes ? se demandait-elle, alors qu'elle garait sa 9009 sur le parking de ce qui était un centre d'insertion sociale. Elles devaient seulement être pour eux des spécimens rares, un sujet d'étude, une espèce en voie de disparition qu'il fallait sauvegarder. Elle entra dans le hall du bâtiment, dit bonjour comme par réflexe à l'employé qui se tenait derrière le guichet d'accueil.

Elle allait exposer à son assistant la même chose qu'il y a un mois. Elle entra dans le bureau exigu et s'assit fébrilement.
« Madame Hexvaga, bonjour, ravi de vous revoir » dit mécaniquement la voix qui sortait du corps d'un monsieur paraissant avoir la trentaine d'années.
« Bonjour Monsieur, lui répondit-elle, alors qu'elle aurait eu envie de lui dire Bonjour Machin.
– Avez-vous progressé dans vos recherches ?
– Non, et honnêtement je ne vois pas à quoi cela me servirait.
– C'est simple, pourtant. Il y plusieurs raisons : à vous changer les idées, à devenir une meilleure personne, à vous sociabiliser, à redevenir quelqu'un par exemple, expliqua le conseiller »

Ce n'était pas compliqué dit comme cela, elle n'y avait pas songé ! Elle pariait que l'autre, devant elle, ne savait même pas qu'il était un automate. Déjà la dernière fois, rien dans ses gestes ou ses paroles ne l'avait trahi. Mais son instinct ne pouvait pas la tromper. Ce type devant elle n'avait plus rien d'un être humain : il ne cessait de la regarder droit dans les yeux, avec un regard vide et il récitait un discours appris par cœur.

Tricia promit de faire des efforts, d'accomplir des démarches, elle signa le document qu'on lui tendait et partit. Elle irait manger un burger dans un de fast-food et ne ferait rien de sa journée.
A part sans doute s'appliquer à prendre contact avec un des derniers. C'est comme cela qu'elle les nommait. Les derniers humains. Tricia était quand même réfléchie, elle restait convaincue qu'il restait des vraies personnes, comme elle et sa fille. Pourtant, jusque là elle n'avait pas trouvé une seule âme, aucun retour intéressant à ses appels sur le net ou à ses petites annonces qu'elle passait dans les journaux.
Elle se rendait sur des forums virtuels, des sites spécialisés, mais tout semblait cadenassé. Ils avaient forcément pensé à tout.
La plupart des réponses étaient automatisées, cela se vérifiait facilement. C'étaient toujours le même genre de charabia. Elles lui disaient que tout ce qu'elle pensait était faux et qu'elle ferait mieux de consulter un médecin, voire un spécialiste du cerveau, le plus vite possible. Ou bien certains messages lui proposaient carrément des choses indécentes.

Elle avait souvent tenté de se persuader qu'elle ferait mieux de vivre sans se prendre la tête et que même si elle avait raison, il ne fallait pas qu'elle s'en fasse. Et elle avait réellement essayé, en vain.
Elle avait même eu l'occasion de retourner en boîte de nuit, un soir, il y a deux semaines. Mais cette escapade avait été un désastre. Ce n'était plus comme avant. Ils avaient dû anticiper qu'elle viendrait puisqu'elle y était allée accompagnée d'une de ses soi-disant amies qui connaissait tout le monde dans cette ville.
Elle avait fait garder Livia par une nourrice, la mieux notée qu'elle ait pu trouver. Mais elle avait installé des caméras-espions partout dans la maison, au cas où la baby-sitter aurait eu l'idée de remplacer sa propre fille. Secrètement, elle pouvait suivre en direct sur son scrinephone les agissements de cet être qui était chez elle.

Durant cette soirée, elle ne s'était pas amusée du tout. Elle était souvent scotchée à son écran pour vérifier que tout se passait bien. Et elle avait rapidement compris qu'elle n'arriverait pas à donner le change. Tout d'abord, le videur à l'entrée n'avait pas voulu la laisser entrer sous prétexte que, selon lui, elle semblait avoir trop bu. Elle avait juste bu trois verres d'alcool fort en début de soirée et c'était tout. Elle ne titubait pas, elle n'était pas agressive, elle avait même fait l'effort de sourire ! Alors pourquoi avait-elle essuyé ce refus ?

Mais son amie avait alors fait un clin d'œil au physionomiste et lui avait dit d'un air aguicheur : « mais enfin Dany, tu me connais, je te dis qu'elle est réglo », et elle s'était approchée de lui pour lui chuchoter un truc que Tricia n'avait pas réussi à saisir. Bizarrement il s'était esclaffé et avait dit : « Ok allez-y mesdames ».

Voilà ce que Tricia avait pensé à ce moment-là : il avait refusé qu'elle entre car il avait eu peur qu'elle comprenne qu'ils se retrouvaient tous là-dedans pour réaliser leurs activités robotiques, puis comme il avait de nouveau eu peur qu'elle se doute encore plus si elle n'entrait pas, il s'était ravisé et avait fini par accepter.

En plus, dès qu'elles avaient passé la porte, il avait dit quelque chose dans son micro collé à sa manche et avait appuyé son index sur son oreillette.

Tous ces gens, ou ces choses plutôt, avait-elle pensé en les voyant danser, elles me dégoûtent. Elle avait alors ajouté quelques lignes à sa liste de détails qui prouvaient qu'ils n'appartenaient pas à son espèce.

Ils dansaient tous sans âme, comme si cette musique électronique de décérébré n'avait aucune influence sur leurs pas. Ils auraient certainement dansé de la même manière sur n'importe quelle autre son.

Des gens, ou plutôt des choses, avait-elle pensé, l'avaient dévisagé comme si elle était différente, et leurs regards l'avaient fait se sentir inférieure. Il y avait en ces êtres un genre de froideur, ou bien une fausse chaleur qui la mettait mal dans sa peau. Certains avaient mimé une compassion feinte,

exagérée. Mais elle, elle n'avait pas besoin de ça, elle avait besoin de vérité !
Ce soir-là elle s'était fait draguer mais pourquoi se serait-elle laisser tenter par quelqu'un qu'elle prenait pour une entité quelconque ?
Elle était rentrée chez elle plus tôt que prévu, en taxi. Elle avait congédié la nourrice illico en lui fourrant dans les mains trois billets de dix eurocreds et avait visionné les enregistrements plus en détail. Bon, rien ne s'était avéré anormal. Excepté le fait que la nounou avait regardé Wall-e sur la télé 3D avec Livia. C'était un film d'animation datant d'il y a plus de trente ans et qui avait pour héros un petit robot qui nettoyait la Terre de ses déchets. Tricia n'avait pas su interpréter cet élément, elle était trop fatiguée et était partie se coucher.

Repensant à cette mésaventure, elle pénétra dans le lieu de restauration rapide. Tout était pourtant bien comme avant. Même odeur de frites grillées mélangée à celle de viande cuite. Avaient-ils poussé le vice jusqu'à faire semblant de manger les mêmes aliments qu'elle ? Pourquoi autant de réalisme ?
Avant, elle aimait bien se rendre dans ces endroits avec la petite, et Liro, son mari. Il lui manquait. Il ne reviendrait pas, elle le savait.
Les photographies d'un bonheur passé sur l'écran de son smartphone lui dictaient qu'elle se devait de garder la tête froide, au moins rien que pour sa puce, Livia…

Sur une borne, elle commanda un hamburger avec des *potatoes* et une glace pour le dessert.

Virgnie Realys avait pris un peu d'avance sur Gérémie, son mari. Il fallait toujours qu'elle marche devant lui. Cette balade leur avait fait du bien, ils rentraient chez eux après deux heures de marche. Elle l'attendit quelques secondes.
« Regarde, lui fit-elle en montrant du doigt la maison qui se trouvait à quelques encâblures de la leur.
– Ben quoi ? demanda machinalement Gérémie.
– Tu sais bien, c'est là qu'elle habite. Je l'ai croisée hier qui rentrait à pied, elle avait les yeux tout rouges, comme si elle avait pleuré, ou alors…
– Comme si elle avait fumé du shit, tu veux dire ? se marra Gérémie.
– Qui sait ? Ou cette nouvelle substance, là, dont ils parlaient aux infos, le truc dérivé du crack… »

Mme Realys essayait de se souvenir du nom tandis que M. Realys stoppa un instant sa progression. Il avait du mal à tenir la cadence à soixante ans passés. Il étira sa jambe droite, c'était un peu comme si elle était grippée. Il n'avait même pas été déconcerté de l'entendre grincer il y a quelques mois. Son spécialiste lui avait parlé d'une articulation à surveiller.

Mme Realys reprit :

« Ce samedi, elle est restée trois heures, la tête derrière sa fenêtre, les yeux dans le vague…

– Attends ? Tu l'espionnais, c'est ça ?

– Mais non, je pensais d'ailleurs que c'était elle qui épiait. Je le sais car je jardinais et que notre terrain donne sur sa façade. Je te jure, elle était comme un fantôme.

– Oh, que pouvait-elle guetter ?

– Ça, je n'en sais rien, c'était comme si elle attendait quelque chose.

– Ah tiens, pauvre femme quand même. Ça doit pas être facile tous les jours…

– Le pire, c'est qu'après la catastrophe, on n'a jamais retrouvé le corps de son mari, fit remarquer la femme.

– Oui, c'est épouvantable ! Cet accident a beaucoup fait parlé de lui, je m'en souviens. Quel drame quand même.

– C'est sûr, et pour sa petite gamine, ça fait de la peine.

– On pourrait les inviter à manger un jour, suggéra l'homme

– Oui, un jour. Mais tu serais bien capable de la draguer, toi.

– Et qui te dit que c'est pas déjà fait ? »

Content de sa boutade, M. Realys sourit à sa femme, laissant exhiber par la même occasion une rangée de dents dorées et argentées.

UN PAQUET DE CIGARETTES

La vie de monsieur Christophe Bata tournait principalement autour du travail. Lorsqu'il était en vacances, il pensait au boulot et lorsqu'il était au boulot, eh bien, il pensait au boulot. Depuis six ans déjà, il était embauché en tant qu'employé dans les assurances de voiture. Un travail convenable avec ses hauts et ses bas. Ce qui ne lui plaisait pas, c'était la quantité de travail à abattre chaque jour, et les horaires aussi, il aurait tellement souhaité pouvoir améliorer ses horaires. Ce qui lui plaisait par contre, c'était aussi bien d'être installé derrière son bureau que d'être en action sur le terrain pour aller, par exemple, faire ses observations sur les véhicules des clients ou s'occuper de divers litiges.

Christophe approchait de la quarantaine. Il avait toujours été quelqu'un de stressé et il fumait depuis une quinzaine d'années, à raison d'un paquet de cigarettes par jour. Un paquet par jour, cela commençait par faire en terme de quantité, ce n'était pas très bon pour la santé, et puis surtout, tous les six mois, le tabac devenait de plus en plus cher.

C'était lundi matin. Christophe enfila sa veste en toute hâte. S'il ne se dépêchait pas, il allait sûrement être en retard au travail et devrait encore improviser une excuse bidon à son chef qui mimerait de nouveau une moue ennuyée. « Mon réveil n'a pas sonné », « Mon chien a mangé mon chat » (alors qu'il n'avait chez lui que deux modestes poissons rouge) ou bien une autre invention loufoque sortie tout droit de son esprit mal réveillé.
Il jeta un œil sur sa montre : ça allait, il était même large, il avait quinze minutes devant lui. Il aurait le temps de faire une halte au bureau de tabac au coin de la rue, il achèterait un jeu à gratter et quelques paquets de clopes. Il avait fumé la dernière hier soir, une heure avant d'aller se coucher. Son cérémonial de fin de journée consistait à en fumer tout de même dix en quelques heures.

Il aimait bien ce magasin qui faisait aussi épicerie, et le buraliste commençait à le connaître.
Il était à deux pas d'entrer quand soudain il eut comme un vertige. Cela ne lui était jamais arrivé auparavant. Il prit sa tête entre ses mains et ressentit comme des bourdonnements dans le creux de ses oreilles. Il respira de grandes bouffées d'air puis, se sentant mieux, il s'engagea dans la boutique. Une fois devant le comptoir, il lui sembla que quelque chose avait été modifié cependant il n'aurait pas su dire quoi. Deux clients étaient là avant lui et quand

ce fut son tour, il ne reconnut pas le buraliste habituel. Peut-être était-ce finalement juste cela qui avait changé. Un changement de propriétaire ou de gérant.

« Bonjour, je vais vous prendre un Milliardaire, même si je sens que je vais encore perdre hé hé… ah et aussi trois paquets de Winstein, s'il vous plaît, commanda-t-il.
— Ok pour le Milliardaire, mais trois paquets de Winstein, je ne vois pas ce que c'est, répliqua le buraliste avec un léger froncement de sourcil. C'est quoi, des bonbons, non ?
— Haha, vous vous fichez de moi ? Ce sont des cigarettes, quoi !
— Des quoi ? Désolé mais nous n'avons pas ce genre de produit. Première fois que j'entends ce nom.
— Allez, mais vous me faites marcher, rigola Christophe, un brin surpris.
— Pas du tout Monsieur, allez chercher dans les rayons si vous le souhaitez, mais nous n'avons pas ces choses-là ici. Maintenant si vous voulez bien, il y a du monde derrière vous… Réglez vos deux crédits pour le jeu et revenez après. »

Christophe regarda derrière l'homme imposant, et il était vrai que le stand qui aurait dû se trouver là avait disparu. Il n'y avait aucun paquet de clopes, juste des sachets de bonbons et des magasines divers. Il se résolut à aller fouiller dans les rayons sur le côté afin de savoir à quoi s'en tenir, toutefois là non plus il n'y avait rien au niveau du tabac. « Très bien, pensa-t-il à haute voix, je vais faire 300 mètres à pieds et aller voir dans l'autre bureau, celui qui n'est pas loin de la gare ».

Il courut car il avait peur d'être en retard, mais arrivé dans cette enseigne, rebelote. Le buraliste se fendit d'un sourire étrange, figé, comme s'il lui faisait une blague, ou comme s'il récitait une leçon : « Un paquet de ? Cigarettes ? Désolé, ça ne me dit rien. Je ne vends pas ce produit, monsieur ! »

Christophe sortit et mit quelques minutes avant d'arriver devant son entreprise. Il poussa la porte, quelque peu perplexe face à ces cigarettes qui, du jour au lendemain, avaient quand même disparu de deux magasins. Il était stressé, il avait envie de s'en griller une. Mais il s'en souvenait, à part Naty, la stagiaire qui travaillait en tant que standardiste au deuxième étage, personne ici ne fumait. Il se mit au travail pour passer le temps et oublier cette envie de fumer. Tout se passait bien jusqu'à ce que 10h30 ne pointe le bout de son nez. C'était l'heure d'un café bien mérité, et normalement, se joignait avec ce café une petite cigarette qui faisait toujours son effet, un effet du genre coup de fouet.

Mais aujourd'hui, il faudrait apprendre à s'en passer. Il avait téléphoné à Naty dans l'optique de lui taxer une ou plusieurs cigarettes, impossible puisqu'on lui avait appris qu'elle était malade ce jour-là. Ainsi, il inséra une pièce de monnaie dans la machine, but un café et discuta un moment avec quelques personnes rencontrées là. Il parla de son manque de nicotine. Un de ses collègues, Laurent, la quarantaine, lui demanda ce que c'était que cette substance et où il pouvait s'en procurer. Christophe eut la très nette impression que les gens se moquaient définitivement de lui.

De retour à son poste de travail, il se connecta avec son smartphone personnel pour lancer une requête sur l'internet, il tapa : pénurie de cigarettes. Mais aucune réponse ne s'afficha dans le moteur de recherche. Il y avait bien quelques articles sur une pénurie de cigares cubains, mais ils dataient de plus de trente ans, et c'était des articles traduits d'un journal américain. Il tapota le mot « tabac » dans la barre de recherches, et là encore aucun résultat n'apparut sur l'écran ! Il commençait vaguement à croire qu'il se trouvait désormais sur une autre planète, une planète sans cigarette.

Non vraiment, cette journée avait une saveur particulière. C'était la première fois qu'il passait autant de temps sans avoir une dose de tabac et il ne savait pas s'il pourrait tenir encore bien longtemps avant que ses nerfs ne lâchent.

A midi, il mangea rapidement un sandwich acheté à la boulangerie qui se trouvait à l'angle de la rue. Il aurait eu le temps de regagner son appartement : il avait une heure et trente minutes de repos. mais il souhaitait en finir au plus tôt avec cette journée. Il retourna fissa à son bureau et se mit en tête de traiter ses dossiers d'une manière aussi efficace que possible. Il y parvint ! Il n'avait pas le souvenir d'avoir un jour aussi bien bossé. Il enregistra deux dizaines de dossiers avec des noms qui ne lui étaient pas familiers. C'étaient sans doute de nouveaux assurés. Puis il appela son patron pour lui demander l'autorisation de partir. Aucune objection. Il était 17H00 et il n'avait plus rien à faire, il pouvait rentrer chez lui.

Il remarqua en marchant dans la rue qu'un passant faisait ce geste qu'il ne connaissait que si bien, c'est à dire de porter deux doigts à ses lèvres, comme pour cloper. Il alla donc à la rencontre de ce monsieur dans le but de lui quémander une cigarette. Il ressentait le manque dans tous les pores de sa peau, même si paradoxalement, il avait déjà la sensation de mieux respirer.
Le monsieur le dévisagea un court instant, il n'avait rien dans la main à part un bâton de réglisse.
« Oh, excusez-moi, j'ai dû vous confondre », dit Christophe pour ne pas perdre la face : il était si près de l'homme qu'il aurait pu le toucher, alors il avait bien fallu lui dire quelque chose.

Christophe, tendu, avait ensuite souhaité se rendre dans un autre bureau de tabac, situé à l'autre bout de la ville, mais celui-ci était fermé pour cause de travaux. Il se sentait de plus en plus nerveux lorsqu'il regagna son appartement.
Il nota que quelque chose avait changé mais il lui était impossible de dire quoi. C'était peut-être la couleur du papier peint recouvrant ses murs qui ne

lui semblait pas la même que la veille. Il s'endormit devant la télévision avant de souper et ne se réveilla pas avant 7h00 du matin.

Il fit sa toilette puis prit son petit-déjeuner. Un café, des biscottes avec une noisette de beurre. Il était quasiment persuadé qu'il lui manquait quelque chose et une fois encore, il ne savait pas ce que cela pouvait être. Il ne parvenait pas à se remémorer, cependant il avait cette certitude que, normalement, il faisait bien autre chose après avoir pris son petit-dej. Il tourna en rond pendant plusieurs minutes, comme s'il cherchait dans ses souvenirs, et puisque rien d'important ne lui revenait à l'esprit, il fit ses lacets et sortit de son appartement. Il était en avance.

« Le deuxième jour est très important, commenta le docteur Sevrete. En effet, le patient est dans un état psychique dans lequel il va oublier jusqu'à l'existence du tabac. Il a beau être au courant et être prévenu avant l'expérience, il est dans sa simulation, et pour ainsi dire c'est comme s'il vivait vraiment sa vie. Même si ces deux jours durent en réalité deux heures !
En temps réel, nous observons sur les moniteurs ce qu'il se passe et les moindres variations physiologiques sont analysées, comme pour un examen du sommeil. Tout a été recréé par nos ingénieurs avec la plus grande minutie : son environnement, les gens qu'il connaît. Il y a quelques détails qui peuvent ne pas totalement correspondre

mais ils sont si minimes, alors ce n'est pas bien important…. »
Enthousiaste, il ajouta :
« Si vous voulez, Monsieur, c'est comme lorsque l'on rêve, on n'est jamais vraiment certain qu'il ne s'agisse que d'un rêve. Ici, ce serait en quelque sorte un rêve amélioré, prédéfini. Cela peut même faire penser à ces nouveaux jeux vidéo en réalité virtuelle avec les casques, dans lesquels le script est déjà écrit à l'avance. »

Le Ministre de la Santé Physique et Mentale écoutait avec attention. Il devrait ensuite rédiger son rapport et des lois seraient votées pour autoriser ou non ces mises en scène.
« Pensez-vous qu'il serait possible de faire arrêter l'alcool à quelqu'un en utilisant ce (il chercha le mot), ce procédé ? demanda-t-il au docteur.
– Pour l'alcool, ce serait bien plus compliqué, affirma le spécialiste, sûr de lui. En effet, ce n'est pas le même geste ni le même processus. Et puis, surtout, il faut que le patient soit dans une volonté d'arrêter. Je vous précise, M. le Ministre, que sur les cent-soixante-deux personnes qui ont suivi ce traitement de sevrage tabagique total, nous avons une réussite de 100 % !
– Incroyable !
– N'est-ce pas ? Et M. Bata est notre cent-soixante-troisième client. Il ne devrait pas tarder à se réveiller. Regardez : sa température corporelle augmente, son rythme cardiaque s'accélère et ses paupières

commencent à trembler. Nous allons suivre le même protocole que pour les autres. Vous pouvez me suivre mais, je l'espère, vous ne vous inquiéterez pas de notre méthode qui pourrait paraître quelque peu étrange. »

« Comment s'est déroulée votre expérience ? » entendit un Christophe Bata, un peu pâteux, avec des électrodes accrochées sur sa tête, et des appareils électroniques posés sur des tables autour de sa personne. « Ne bougez pas, le docteur Sevrete va arriver. »
Une jeune femme en blouse blanche se tenait près de lui, ses lèvres étirées laissaient découvrir des dents idéalement blanches. Il était très confortablement installé sur un lit blanc. En fait, tout était blanc aux alentours. Sauf ce monsieur qui portait un costume noir qu'il apercevait dans le couloir derrière la vitre.
Il se souvenait un peu mieux à présent : il était malade et avait voulu se soigner. Il se revoyait signer un chèque de 500 euros. Seulement, quelle était au juste sa maladie ? Il n'était plus très sûr qu'elle porte un nom.

« Ah, Monsieur Bata ! Difficile d'émerger, non ? Tout va bien ? »
Le docteur avait posé cette question en soufflant une volute de fumée grise, il tenait une cigarette dans laquelle il venait d'inspirer. Il reprit :
« Une petite bouffée, ça vous tenterait ? »

Le ministre regardait la scène, un peu en retrait, avec des gros yeux, perplexe.

Christophe considéra ce machin qui fumait. Tout lui revenait à présent : c'était à cause de ça qu'il avait voulu venir ici. Il sentit l'odeur et cela ne lui plut pas.

« Non merci, ça ne me dit pas.

– Monsieur Bata, si vous saviez comme je suis content de votre réponse ! Mais je tiens vraiment à ce que vous goûtiez à cette cigarette. C'est une des meilleures sur le marché. Allez-y ! Inhalez !

– Bon, alors c'est pour vous faire plaisir mais je trouve que ça ne sent pas vraiment bon. »

Le docteur regarda le ministre en arborant un sourire farceur.

Christophe tira une bouffée qu'il recracha aussitôt, en toussant légèrement.

« Non, elle n'a pas vraiment de goût ! Ah, si en fait, l'arrière-goût est mauvais.

– Ah, vous voyez Monsieur le Ministre, cela a fonctionné. Eh bien, Monsieur Bata, pourtant je vous l'assure, cette cigarette que vous tenez là, elle est de la même marque que celles que vous fumiez avant de venir dans notre centre. Regardez, j'ai le paquet ici. Si vous le souhaitez, vous pouvez en prendre une autre. Mais je pense que vous n'en ferez rien, je suis sûr que vous êtes guéri de votre addiction. Je vais vous la reprendre, vous pouvez vous lever.

– Merci Docteur. »

En sortant de la pièce, tandis qu'il rangeait son compte rendu dans son attaché-case noir, le ministre

frotta de l'index son sourcil droit et interrogea le docteur :
« Mais comment êtes vous certain que l'arrêt est total ? Qu'il ne va pas sortir d'ici et aller de ce pas se griller une cigarette ?
– Nous effectuons un suivi régulier de tous nos patients, Monsieur le Ministre. Nous nous renseignons même auprès de leurs proches au cas où ils nous mentiraient. Mais une autre réponse plus simple qui me vient à l'esprit serait : le patient est libre ! Il n'est pas encore interdit de fumer. Oui, cela viendra peut-être un jour, je ne me fais pas de souci pour ça. En tout cas, pendant de nombreux mois, il trouvera que les cigarettes n'ont plus de goût, comme s'il était hypnotisé.
– Ah bien, je vois. Mais vous ne m'aviez pas parlé d'hypnose jusqu'à présent… Dans tous les cas, votre entreprise va mettre à mal l'industrie du tabac, on dirait.
– Oh vous savez, nous, nous voulons juste aider les gens qui le souhaitent.
– Non mais cela me semble très bien. J'ai pris des notes. (Le ministre blagua :) Cela va faire un tabac.
– Ahaha. Je vous remercie. N'hésitez-pas si vous avez d'autres questions ! Notamment sur le côté hypno. Par contre, si cela ne vous ennuie pas, j'aimerais bien aller fumer une petite cigarette. Je ne me suis pas décidé à arrêter, c'est comme un petit rituel, vous comprenez ? »

Le ministre haussa les sourcils, interloqué, il ouvrit la bouche. Un docteur qui fume…

Oh mais oui, cela ne l'étonnait même pas. Seulement l'espace de quelques secondes il avait pensé que ce n'était ni très éthique ni très professionnel.

Peut-être que lui aussi, il commencerait à fumer puisque cela avait l'air si facile d'arrêter maintenant. Oui, il se pourrait bien que le Ministre de la Santé Physique et Mentale aille acheter un paquet de cigarettes.

YUSEP

(inspiré par un épisode de La quatrième dimension)

Roli Bontequeur s'assit dans le bus, comme à son habitude. Il prenait toujours le même autocar pour se rendre à son travail. Un grand véhicule blanc avec des bandes noires sur les côtés. Pratiquement une heure de route. Et depuis quelques semaines, c'était la même rengaine chaque matin. Un type imposant, dans le genre très costaud, s'asseyait toujours à la même place, toujours deux rangées derrière Roli, puis se mettait à renifler pendant au moins une bonne vingtaine de minutes. Il reniflait et reniflait encore, comme s'il manquait d'air, comme s'il était malade. C'était assez énervant, car comment se concentrer, comment lire dans ces conditions ? Bien-sûr, personne n'osait rien lui dire.
Un matin, n'y tenant plus, Roli alla dire deux mots au type :
– Monsieur, s'il vous plaît, pourriez-vous faire moins de bruit quand vous reniflez ?

– Oh, excusez-moi monsieur, j'ai un problème de déviation de la cloison nasale.
C'était tout à fait compréhensible. Cette réponse ôta toute animosité à Roli, qui, à la base, était quelqu'un de plutôt conciliant.

Il lui restait quarante-cinq minutes de route pour aller travailler. Pour faire un travail qui ne lui plaisait plus. Cela faisait dix ans qu'il exerçait ce métier. Au début c'était pire, il devait insérer des plats cuisinés dans des bacs puis les disposer sur un plateau, à toute vitesse.
Puis, il était passé régisseur, ce qui était déjà un peu plus intéressant. Il s'occupait de documents divers concernant les fournisseurs de plats cuisinés. Cependant, il avait été muté dans un département à proximité depuis deux ans. Et donc il devait faire les trajets. Et il fallait toujours aller très vite. Il ne comprenait pas au juste pourquoi il fallait aller si vite. La vie était déjà assez courte comme ça, alors à quoi bon se tuer à la tâche ? Même son horoscope la veille lui avait conseillé : « Faites les bons choix. Le temps presse. »
Tandis qu'il se posait de nombreuses questions métaphysiques, les paupières de Roli commencèrent à s'abaisser doucement. Mais s'il avait bien une hantise, c'était celle-ci : s'endormir et se mettre à ronfler ou à baver dans ce bus, et qu'en descendant du véhicule tous les passagers se mettent à se moquer de lui en le désignant du doigt. Il se contentait donc

de somnoler sans jamais tomber dans un sommeil profond.

Ce jour-là, pendant la réunion hebdomadaire, sa responsable se montra particulièrement désagréable. « Bontequeur, cria-t-elle, qu'est-ce que vous avez foutu avec la convention concernant le fournisseur de la cantine de l'hôpital ?! Je vous avais dit que je la voulais signée sur mon bureau ce matin ! C'est un métier qui exige que l'on se dépêche, que l'on aille vite, on ne peut pas se permettre de traînasser ! Il faut être performant ! Sinon, on n'est pas pris au sérieux ! Et les rivaux nous bouffent tout crus… »
Et devant toute son équipe, elle l'avait pour ainsi dire humilié. Lui n'avait pas su quoi répondre. Avant la fin de l'assemblée, alors qu'elle était encore en train de parler à propos de ce fichu contrat, il s'était levé et était sorti, en s'indignant : « Oh mais fermez-la, la mégère ! »
Ensuite, il s'était réfugié dans son bureau. C'était la première fois en dix ans dans cette boîte qu'il sortait de ses gonds. Ce dossier de fournisseur, c'était un prétexte pour dénigrer quelqu'un. Il avait toujours bien fait son travail. Ce contrat n'était pas si urgent, mais sa supérieure cherchait à coup sûr un bouc émissaire pour passer sa mauvaise humeur dessus. Une jeune stagiaire en avait fait les frais quelques semaines auparavant. La responsable lui avait dit : « Mademoiselle, vous ne réussirez jamais dans la vie. »

Il passa voir la secrétaire pour lui annoncer qu'il ne se sentait pas bien et qu'il rentrait chez lui. En effet, cet épisode lui avait causé une céphalée, une migraine fulgurante qui lui triturait les neurones. De plus, son ventre le faisait souffrir également.

De nouveau, il fut dans ce satané bus. La pluie tombait. A travers les vitres il ne distinguait que des paysages désolés, une usine rejetant sa fumée noire dans un horizon morne et grisâtre. Les gens tiraient tous une gueule pas possible.
Il lutta contre le sommeil mais, comme d'habitude, il finit par somnoler à moitié. Soudain le gars derrière lui, dit :
« On y est Monsieur, on arrive à Yusep »
Roli se frotta les yeux et regarda par la fenêtre. Ce n'était pas croyable, les nombreux nuages avaient tout bonnement laissé la place à un temps paisible et à un ciel d'une luminosité blanche. Il y avait des gens souriants qui se parlaient et qui saluaient l'arrivée du bus en faisant coucou. Des enfants jouaient au ballon et au skateboard sur des terrains construits un peu plus loin. Mais il ne reconnaissait pas ce lieu, il ne connaissait pas cet arrêt. Il était situé en face d'une prairie, en bordure d'une ville qui lui paraissait de taille importante, et quand même une cité comme celle-ci, à une quarantaine de kilomètres de chez lui, il en aurait logiquement entendu causer avant ce jour. Il se retourna pour voir l'homme qui lui avait parlé. C'était un homme corpulent avec des cheveux roux et une jolie chemise blanche. Il ne l'avait jamais

croisé dans ce bus avant ce jour mais son allure lui était fort sympathique. « Eh, alors, demanda-t-il, vous ne descendez pas là ? »
Roli détourna le regard et se retrouva à l'arrêt de bus paisible de son village, celui qu'il connaissait. Il avait dû faire un rêve. Un joli rêve. Il sortit du bus avec dans sa tête des images nettes et précises de cette ville qu'il aurait aimé visiter.

Sa femme, Paty, était déjà présente quand il rentra dans leur appartement. Elle lui demanda ce qu'il s'était passé pour qu'il rentre si tôt.
– Rien, je me suis fait un peu engueuler, ensuite j'ai eu ce mal de crâne avec des douleurs abdominales, et j'ai préféré partir, il expliqua.
– Attends ? Tu veux qu'on appelle le docteur ?
– Non, ça va aller je t'assure, c'est déjà passé.
– Mais, tu ne risques pas de te faire virer au moins ? s'enquit-elle.
– Hum, eh bien, j'ai dit à ma responsable de fermer sa gueule, donc je ne sais pas… Cela dit ce n'est pas elle la grande chef.
– Oh lala, tu sais je me fais du souci pour toi. Depuis quelques temps, tu sembles toujours amer.
– C'est juste que j'en ai marre, tu comprends ?
– Mais marre de quoi ? Ton travail est intéressant non ? Et tu as été promu à un meilleur poste. Regarde, moi, qui suis devenue chargée d'affaires, je suis persuadée qu'avec un peu plus d'ambition tu y arriverais toi aussi. Tu pourrais avoir une meilleure situation.

– Justement, l'ambition, l'ambition… Ce monde est un monde d'ambitieux. Un beau monde cruel, vraiment.

– Et alors ? Dans quel monde voudrais-tu vivre ?

– Un monde de rêveurs. Un monde de gens qui s'aiment. Je rêve d'une grande et chic ville qui allie la technologie à la nature et où tout le monde se connaît et s'apprécie. Pas d'un village de quatre mille âmes avec des gens hypocrites qui disent « Je connais bien cette personne » et qui ne lui ont jamais réellement adressé la parole, ou alors seulement deux minutes. Ou des gens qui font semblant de s'aimer et qui se crachent dessus dès qu'ils ont le dos tourné. Nous vivons dans un monde de menteurs et d'hypocrites.

– Oh ne me dis pas que tu deviens hippie à ton âge ! Je déteste les hippies, tu le sais pourtant.

– Mais non, ce n'est pas être hippie ! Et je ne plaisantais qu'à moitié, mais tu ne m'as pas compris. Moi, je ne veux pas toujours être là à me battre pour prouver que je peux garder ma place, pour être compétitif sur le marché de l'emploi. Ce sont des mots qui ne me parlent plus. J'aurai bientôt trente cinq ans et je suis déjà usé.

– Et moi j'en aurai trente-deux et je compte bien rester encore un peu en haut de la pyramide sociale, que ce soit avec ou sans toi ! Mais tu vas quand même me faire le plaisir de te ressaisir !

Paty était une belle femme, cheveux châtains, coupés courts, yeux vifs d'un bleu foncé perçant.

Dynamique, elle avait su s'imposer dans son métier jusqu'à devenir pratiquement indispensable au sein de son entreprise. Pour elle, la fin en soi, c'était l'argent. Quoiqu'il advienne, l'argent était ce qui lui permettait d'assouvir ses envies, de réaliser ses rêves. Elle était toujours d'un naturel enjoué, même lors des situations compliquées. Elle ne parvenait donc pas vraiment à comprendre les nouveaux états d'âme de son compagnon.

Et pourtant Roli avait toujours été le contraire d'elle, il avait un tempérament pessimiste même lorsque tous les signaux autour de lui indiquaient qu'il fallait être positif. L'argent, cela avait été aussi un moteur à un moment donné mais il avait de plus en plus le sentiment que le bonheur pouvait résider autre part que sur son compte en banque.

Et depuis quelques mois déjà, il trouvait de moins en moins d'intérêt dans son travail. Il s'y rendait même avec la boule au ventre. Non seulement il fallait turbiner en vitesse et de plus c'était toujours des procédures à n'en plus finir pour traiter un seul dossier. Il fallait passer par des tas d'étapes afin d'arriver à un résultat.

Ce soir-là, avant d'aller se coucher, il effectua une recherche sur Internet pour voir si éventuellement se trouvait une ville nommée Yusep. Il tapa le nom avec plusieurs orthographes mais il dut se rendre à l'évidence, cette cité n'existait sûrement que dans ses illusions. Les différentes cartographies ne lui avaient rien révélé, à part qu'il existait un comté de Yesep au Royaume-Uni.

Le lendemain, sa journée se déroula sans heurt. Sa responsable lui avait même pardonné son incartade de la veille. Elle comprenait qu'elle était allée un peu loin et lui-même s'était excusé de son manque de respect.

Mais il n'en démordait pas, il avait passé la journée dans son bureau à examiner des chiffres pour dégoter un contrat rentable, et il n'avait pas trouvé de sens à ce qu'il était en train de faire. Budgéter devenait une chose abstraite, tous ces chiffres lui étaient même hostiles. Les "trois" se mélangeaient avec les "neuf", également avec les "huit". Que ce soit sur une feuille de papier inerte ou sur un écran immobile, ils devenaient mesquins.

Et lorsqu'il remonta dans le bus en fin de journée pour rentrer chez lui, cette douleur à la tête était réapparue pour le harceler. Il repensa à Yusep et se promit de rester éveillé pour être totalement certain qu'il avait bien rêvé la dernière fois. Mais au bout d'une dizaine de minutes, ses paupières lourdes lui barrèrent la vue et il somnola.

Et ce bonhomme roux se manifesta une nouvelle fois derrière lui. « Eh, alors ? Vous ne descendez pas là » s'enquit-il. Non, il ne descendait pas là. En revanche il fut émerveillé par ce qui s'offrait à ses yeux. Cette cité est vraiment charmante, elle allie le goudron et l'herbe d'une manière étonnante, et les gens ont l'air si sympathiques, ils sont tous habillés d'une façon décontractée et à la fois raffinée, pensa-t-il.

Il crut même reconnaître le visage de sa grand-mère parmi la foule dense. Comme la veille, il reprit ses esprits à l'arrêt de son village et aucun passager ne semblait avoir changé d'attitude à son égard.

– Je crois que je vais devoir consulter un docteur, annonça-t-il le soir même à Paty. J'ai des migraines violentes depuis hier et puis j'ai encore eu une hallucination en revenant.
Cette dernière qui jouait sur son portable ne leva même pas les yeux. Elle lui répliqua que c'était une excellente idée car elle le trouvait pâlot depuis plusieurs jours.
Il alla se coucher tôt, sans même embrasser sa femme.

Le lendemain matin, c'était jour de grève des transports en commun. Il dut prendre sa voiture pour aller travailler. Conduire ne lui avait pas plu. Les camions étaient de sortie et puis tous ceux dont leur bus ou leur train était annulé devaient eux aussi avoir pris leur véhicule personnel. Des travaux, des circulations alternées, et de nombreux embouteillages l'avaient empêché d'arriver à l'heure.
Sa secrétaire l'avait salué avec un drôle d'air. Un classeur compact l'attendait sur son bureau. Un post-it lui signifiait qu'il devrait éplucher les feuilles une par une, ligne par ligne, afin de déceler une éventuelle erreur. Au bout d'une demi-heure, il se lamenta. De toute évidence, la plupart de ces chiffres étaient mauvais. Il lui faudrait plusieurs jours pour tout corriger. Il appela son médecin qui lui donna

rendez-vous avec sa jeune remplaçante pour le soir même.

Il sortit de son office vers 17 heures et reprit le volant. Au bout d'une dizaine de kilomètres, son regard se détacha vers la droite et un panneau de signalisation lui indiqua alors que cette cité dont il avait rêvée n'était plus très loin : YUSEP – 12.

Il crut d'abord à un mirage pourtant il tourna. Son tableau de bord lui indiquait 17h11 précisément.

Après quelques minutes passées à rouler, ses maux de tête recommencèrent à le déranger. Ils s'amplifièrent et troublèrent même sa vision, il avait le cerveau pris dans un étau. Il actionna son clignotant et s'arrêta sur le bord de la route pour remettre ses idées au clair. Une voiture était déjà stationnée mais il n'y porta pas vraiment attention. Il ferma ses yeux, juste quelques secondes.

Enfin, il se voyait entrer dans cette ville agréable qu'il avait déjà aperçue. Les passants lui faisaient des signes de tête bienveillants, souriants, tout le monde avait l'air de se connaître ici. Dans la grande prairie, il y avait des constructions en pierre, des gens étaient assis, il songea à une célébration. De nouveau, il crut voir le visage d'une de ses grands-mères. Elle riait. Mais elle était pourtant décédée il y a bien des années. Il lui semblait même à présent distinguer d'autres visages familiers. Il faut que j'aille voir plus près, pour en avoir le cœur net, pensa-t-il. Et il alla voir plus près.

Une dame, la trentaine, bien habillée, avait garé son véhicule sur ce parking aménagé en bord de route depuis un moment. Elle n'avait plus de batterie sur son portable, son GPS intégré l'avait donc lâchée. Elle ne parviendrait jamais à honorer son rendez-vous. Elle était perdue.

A 17h23, elle se décida à aller toquer à la vitre de la voiture garée devant la sienne. Mais l'homme qui était au volant devait dormir d'un sommeil profond, il ne se réveillait pas. La femme réitéra ses coups sur la vitre car elle avait le sentiment que quelque chose allait de travers : le type là-dedans était livide. La portière n'étant pas verrouillée, elle se permit de l'ouvrir et de passer le bras pour tirer la manche de l'homme. Mais elle ne releva aucun mouvement.
Elle s'affola : « Monsieur, vous m'entendez ? »
Elle prit le pouls au niveau de la carotide, il était inexistant, la peau de l'homme manquait de chaleur.
Elle avait beau être médecin, elle n'était pas certaine de pouvoir faire quelque chose. Et puis son portable qui n'avait plus de batterie, elle ne pouvait même pas appeler au secours.

Elle se dirigea promptement vers sa voiture pour prendre sa montre restée dans le vide-poches, puis revint vers l'homme. Elle appuya le haut du corps de ce dernier contre le siège du passager avant et débuta un massage cardiaque énergique, en comptant comme on le lui avait appris.

Une voiture stoppa à leur hauteur. Le conducteur pensa d'abord avoir affaire à un couple en plein ébat amoureux ; puis en observant mieux la situation, il comprit et bondit de son auto.

– Vous voulez un coup de main madame ? Qu'est-ce qu'il se passe ? Il a fait une attaque ?
– Je veux bien que vous m'aidiez à le sortir de l'auto, malheureusement je crois que c'est trop tard. Cela fait plus de cinq minutes qu'il est comme cela, j'ai chronométré. Son cœur n'est pas reparti.
Elle avait dit tout cela avec des larmes dans la voix. C'était la première fois dans sa jeune carrière qu'elle se retrouvait confronté à un tel cas. Le nouvel arrivant la rejoignit pour lui apporter son aide.
– Quelle tristesse, il avait l'air encore très jeune.
– Oui. Le pire dans tout cela est que je suis docteur et que je n'ai pas réussi à le sauver. J'avais un rendez-vous médical en plus. Dites, vous pouvez appeler le SAMU ? Ma batterie est à plat.
– Pas de problème. Je donnerai votre nom ? Docteur ?
– Bien-sûr, je suis le docteur Yusep.

LE JOUET DU GOSSE

Dans cette scène, l'actrice Nina Becelu marchait avec une nette désinvolture, on lisait même le dédain dans ses yeux. Le personnage qu'elle incarnait était une femme d'affaire ambitieuse. Elle crevait l'écran avec ses cheveux noirs ondulés, son maquillage, sa tenue sombre. Son allure était parfaite.
Elle venait de rabrouer un de ses prétendants qui partageait les mêmes traits du visage que le célèbre acteur Clint Eastwood.
« Laisse-moi tranquille » disait-elle dans un souffle à peine audible. Mais le type était fou amoureux d'elle et la rattrapa alors qu'elle sortait du restaurant dans lequel ils venaient de boire un verre. Se plaçant en face d'elle, il lui prit la main gauche avec sa main droite, puis plaqua ses lèvres contre les siennes. L'effet était réussi, la jeune femme ne pouvait résister, comme si malgré son apparent cœur de pierre, elle aussi avait des sentiments pour lui.

Math reposa la tablette dans son étui. Son train allait bientôt arriver à destination. Il visionnerait la fin de ce film plus tard. En tout cas, il avait bien aimé ces trente premières minutes. Sans être un chef d'œuvre, *L'ambition amoureuse* était tout de même divertissant. Non seulement, l'actrice italo-roumaine était magnifique, très douée, mais l'acteur, celui qui ressemblait à Clint Eastwood étant jeune, jouait comme un as lui aussi. Il n'avait pas froid aux yeux et savait y faire avec les femmes.

Math pensa qu'il serait peut-être bon de s'en inspirer. Avec Nath, sa femme, ce n'était plus ça qui était ça. Elle voulait désormais toujours avoir le dessus sur lui. Cela ferait pourtant bientôt six ans qu'ils étaient ensemble et ils s'étaient installés dans une petite maison de cinq pièces il y a environ deux ans. Ils avaient aussi eu un petit, Vic, qui venait de fêter ses trois ans.
Avant les choses se passaient relativement bien entre eux, ils se faisaient des blagues, se chamaillaient gentiment. C'était mutuel. Mais là, il lui sembla que les ennuis avaient commencé lorsqu'ils avaient emménagé dans cette maison.
« Tu fais pas comme ça, tu fais pas ceci, et blablabla, les chaussettes qui traînent, la poussière sur le meuble, toujours moi qui m'en occupe ». Quand il y pensait, Math voyait désormais sa relation avec sa femme semblable à un condensé de réprimandes.

C'était un samedi après-midi ordinaire dans cette ville du nord-est de la France. La météo était clémente, avec un ciel dans lequel dansaient lentement quelques nuages, pas un brin de vent, et une température agréable. Pour une fin de février, il n'y avait pas à se plaindre. Ceci étant posé, Math et Nath préféraient quand même rester à la maison. Il étaient déjà sortis ce matin se promener avec le petit, ils étaient allés chercher du pain à la boulangerie puis s'étaient arrêtés à l'aire de jeux pour dégourdir le gosse.
Un peu de calme leur ferait du bien. Math était affairé à changer les piles de la télécommande alors que Nath faisait du rangement dans sa cuisine. Pour le moment, tout allait pour le mieux mais tous les deux se doutaient que ça ne durerait sûrement pas, il y aurait encore une engueulade, une dispute pour des futilités.

Vic s'amusait avec ses jouets, et spécialement avec le nouveau qui lui avait été offert à son anniversaire de la part de tante Lana, la sœur de Nath. C'était un genre de petit poste pour enfant qui était inspiré par le héros du dessin animé préféré de Vic. La publicité chantait : « Paul le policier, il arrête les méchants, et il chante tout le temps ».
Ce jouet possédait pas mal de fonctionnalités : il se transformait tantôt en bonhomme tantôt en véhicule qui pouvait rouler avec ses roues en caoutchouc, il y avait des chiffres dessinés dessus pour apprendre à compter, et il était notamment équipé de haut-

parleurs et d'un micro intégré. Sa capacité totale d'enregistrement était de trois heures. Mais Vic avait du mal à s'en servir, il se contentait le plus souvent de le faire rouler en lançant des « vroum vroum » répétitifs. Aujourd'hui, il semblait être pris d'une curiosité à propos des boutons, c'est donc naturellement qu'il tirait sur la manche de chemise de son père.

« Papa, comment on engeristre, tu peux montrer ? »
Le gosse parlait plutôt bien même s'il avait du mal à prononcer certains mots. Math était toujours absorbé par cette télécommande, il y avait un problème car le boîtier s'enclenchait mal, et de plus il fallait un tournevis spécial à cause de la sécurité enfant.
« Attends Vic, tu vois bien que papa est occupé, je t'avais déjà montré en plus, je crois. »
Il força un peu sur le boîtier de la télécommande qui céda mais il restait néanmoins le problème des piles. Celles qu'il avait en main n'étaient pas les bonnes. Il irait en chercher d'autres qui traînaient dans un tiroir. Le petit, patient, était resté près de lui.
« Regarde, le bouton rouge avec le carré c'est pour enregistrer. On dit enregistrer, pas engeristrer. Tu répètes après moi ? Enregistrer.
– Engeristrer, répéta Vic.
– Oui, allez, c'est presque ça, fit Math en souriant. Et le bouton vert avec un triangle c'est pour quoi ? Pour écouter. Ecouter, tu répètes ?
– Ecouter, dit le petit en se concentrant.

– Très bien, allez, va voir un peu ta maman maintenant ! »

Il avait l'impression que c'était toujours à lui de s'en occuper, spécialement le week-end alors qu'il aimerait bien être un peu tranquille et profiter d'un répit mérité. Vivement qu'il soit un peu plus grand, rêvait-il souvent.
« Eh Nath, cria-t-il depuis le salon, tu peux dire au petit de venir jouer vers toi ? Y'a mon émission qui va commencer là !
– Ok, répondit-elle, mais le carrelage est mouillé alors qu'il attende juste encore cinq minutes. Et au fait tu me soûles avec ton émission. Tu pourrais m'aider à faire le ménage un peu ! »
Nath avait elle aussi l'impression d'en faire trop dans cette maison. Heureusement qu'ils avaient choisi une petite maison. C'était la plus petite du lotissement mais elle était bien suffisante en terme de place. Ils avaient aussi une cour pour garer leurs deux voitures et une grande terrasse derrière pour manger dehors ou pour se détendre lorsque le temps s'y prêtait.

Math réussit finalement à changer les piles de la télécommande. De par le ton qu'elle avait employé pour demander du soutien en matière de ménage, l'engueulade ne tarderait certainement pas à débuter. Comme d'habitude, elle aurait lieu à cause d'une réflexion débile qui mettrait le feu aux poudres, du genre : « Mais fais gaffe où tu marches, tu vois bien que c'est pas sec ! Et la vaisselle, t'es même pas fichu de vider le lave-vaisselle. Et tes émissions

débiles, là. Le château des diables de la réalité, ou je sais pas quoi. Mais que c'est niais. De toute façon, tu n'aimes que les trucs où il y a pas besoin de réfléchir toi ! »
Ou sinon ce serait lui qui râlerait : « Tu te crois meilleure que tout le monde, madame la princesse. Tu veux faire quoi, aller dans un musée, voir une expo et s'extasier des plombes devant une toile ? Avec le gamin ? Eh ben, allez-y les deux, moi je reste là ! »

Comme il était déjà bientôt 14 heures, Math alla chercher Vic qui jouait dans la cuisine avec Paul le Policier. Il posa le jouet sur l'évier, lui donna son doudou et le mit à la sieste. Il put enfin se relaxer devant son émission. Il se permit même le luxe d'une sieste sur le canapé pendant vingt bonnes minutes.

Il eut envie de prendre l'air, et finalement c'est sa voiture qui causa la dispute. Les ailes et le toit étaient sales à cause de la neige tombée la semaine dernière, il souhaitait donc passer à la station de lavage remédier à ce problème. Il fit quelques pas pour se rendre à la cuisine dans laquelle Nath se trouvait toujours. Elle était à présent tranquillement en train de consulter son portable et de vapoter sa cigarette électronique.
Math lança :
– Bon, ben moi je vais aller laver ma voiture, elle est crade !

– Mais oui, bonne idée ! Va donc la laver ta saleté de caisse, ça fait combien de fois déjà depuis le début de l'année ? On va pouvoir manger dessus tellement elle sera propre ! Et t'as vu qu'ils annonçaient de la pluie dans deux jours ? Tu es un beauf en fait…

– Ouais c'est ça va ! Allez, ta gueule. Au moins, j'emmerde pas les gens.

– Mais oui, allez vas-y, dis moi ta gueule, et puis quoi ? Insulte moi pendant que tu y es ! Tu devrais m'aider plutôt que rester là planté devant ta télé. Même pas tu surveillerais Vic.

– Vic, il dort là. Je te l'ai dit. Et je m'en occupe tout le temps, ok ? Qui va le chercher à la crèche ? Toi, peut-être ? Tu sors toujours de ton boulot à des point d'heure !

– Mais tu sais quoi, (elle se fâchait pour de bon et s'était même mise debout), je ne sais pas ce qu'on fait encore ensemble. Quand je t'ai rencontré, tu n'étais pas comme ça. Oui, au début, tu étais gentil !

Les larmes lui montaient aux yeux et elle tremblait.

– En plus, tu t'es enlaidi, avec ta bière tout le temps, ta bière, tu l'aimeras bientôt plus que moi !

– Mais qu'est-ce que tu racontes ? J'en bois que deux par jour, ça va encore ! Et c'est même pas tous les jours. Putain, mais tu n'es qu'un tas de reproches en fait, un gros de tas de reproches ! Toi aussi, tu t'es enlaidie, tu crois quoi ?! T'as grossi, t'as des cernes tout le temps !

– Ouais ben excuse-moi de travailler tard, je glande pas au boulot comme toi, moi !

– Moi je glande au boulot ? Moi ? Je travaille comme un acharné et les trajets m'épuisent, ce n'est pas toi qui te les coltines ! La voiture pour aller à la gare, le train pour aller au boulot, j'en ai ma claque !
– Franchement, oui t'es un gros glandeur ! Au boulot, ok je sais pas. Quoique ça doit quand même pas être bien compliqué de rester assis derrière un bureau ou de parler avec deux ou trois clients. Mais ici, t'en fous pas une. Y'a une gouttière au-dessus du garage, tu t'es jamais bougé le cul pour réparer ça. Le gamin va bientôt aller à l'école, faudra s'organiser et tu n'as pas l'air de te rendre compte du tout de ce que ça représente.

Le ton était nettement monté par rapport à d'habitude et les mots vulgaires pleuvaient, ce qui n'était pas le cas normalement. Math contractait ses mâchoires. Nath se raidissait, serrant les poings.

– Et aussi, j'ai l'impression que t'as aucune culture, à part ta belle voiture et ta télé, c'est tout ce qui te passionne !
– Pourtant quand on s'est rencontrés, tu disais pas ça, t'avais quand même l'air heureuse qu'on fasse des trucs dans cette voiture, non ?
– Mais c'était il y a combien de temps ? Maintenant, je me sens à l'étroit dans cette vie de merde, j'en ai marre de tout ça, marre de cette baraque, de toi, tu comprends ça ?!
– Oh ferme-là, tu étais bien contente quand on l'a achetée cette maison, t'étais bien contente de te vanter auprès de tes copines. Et moi j'ai pas une vie

de merde ? Mon boulot… Mon boulot, je glande pas, c'est dur, va, qu'est-ce que tu crois ?

– Je dis pas que c'est pas dur, mais t'es toujours là à tirer la gueule. Tu me soûles…

– Et toi, tu la vois pas ta gueule, on dirait ta mère, pire on dirait ton père des fois quand tu te concentres pour faire des trucs, là. C'est limite si tu me dégoûtes. Ah, j'ai même plus envie de te toucher des fois.

– Quoi ? Mais qu'est-ce que tu crois, que j'ai envie de te toucher, moi ? Et pourquoi tu parles de mes parents, ah c'est vraiment facile ça, hein ! Pauvre connard, va !

Et sur cette réplique, elle se jeta sur lui, pour lui mettre une gifle. C'était bien la première fois qu'elle s'était emportée à ce point. Il eut un mouvement de recul pour l'esquiver et la repoussa en gueulant : « Mais c'est toi la connasse ! »
Math n'était pas violent, même si un jour, excédé, il lui était déjà arrivé de tirer les cheveux à Nath. Pourtant, à ce moment précis, possédé par la colère, il lui porta deux claques et la poussa. Il l'avait alors poussée plus fort qu'il ne l'avait voulu. Fort à la faire tomber. La tête de Nath heurta le coin du meuble de la cuisine, et son corps tomba, inconscient. Du sang se mit à couler. Instantanément, ses yeux se révulsèrent.
« Merde, Nati. Oh non, pardon, je voulais pas. Eh oh, reste avec moi, tu m'entends ? Je t'aime… » Il ne savait pas quoi dire, il pleurait à présent et lui mettait

de légères tapes sur le visage pour la réveiller, mais Nath ne cilla pas.

Il resta au moins cinq bonnes minutes à se demander ce qu'il devrait faire, puis il se persuada que c'était déjà trop tard. Il ne trouva rien de mieux que d'aller chercher Vic dans sa chambre.

« Bon Vic, tu es réveillé ? Viens, je vais t'habiller et on va faire deux trois courses. Maman est fatiguée. Elle va se reposer. »

Il se rendit avec son fils au supermarché, il acheta des articles superficiels puis revint au bout d'une heure.

Il plaça Vic sur le canapé, devant un dessin animé, puis il retourna dans la cuisine, espérant presque qu'il ne s'agissait que d'un cauchemar, qu'aucune flaque de sang ne tâcherait le sol, que Nath serait là comme à son habitude.

Math se prit la tête entre les mains en voyant le corps étendu par terre.

Mille pensées affluèrent alors dans son esprit.

Il pensa qu'il n'était qu'un monstre, mais qu'il n'avait pas fait exprès d'en devenir un. Il pensa que sa vie état foutue. Il pensa à cette valse en la mineur de Chopin, celle qu'elle aimait tant et qu'elle ne pourrait plus écouter. Il pensa à son frère, et à sa sœur, à l'enterrement. Comment allait-il faire ? Comment pourrait-il leur expliquer ? Comment pourrait-il encore les regarder après ça ?

Il appela les secours, il allait leur raconter toute la vérité. Après tout, ce n'était qu'un accident, un

stupide accident. Mais lorsque la tonalité eut terminé de retentir dans ses oreilles, sa voix faible et sanglotante bredouilla seulement : « Allo, bonjour, pouvez-vous venir en urgence, ma femme a dû tomber alors que j'étais en courses avec le gosse. Et, oh mon Dieu, je crois qu'elle est décédée.
– Ne quittez pas Monsieur, nous allons envoyer une équipe d'intervention. Ne raccrochez surtout pas ! »
Math avait menti.
En moins de dix minutes, des médecins et des infirmiers du SAMU, précédés par des pompiers, se rendirent au domicile.

Face à la gravité de la situation, la police avait été alertée. Cela faisait déjà un moment que deux agents étaient sur les lieux pour inspecter.
« Croyez-vous que c'est le moment de jouer agent Fortez ? Le capitaine n'avait pas l'air de rigoler. Lâchez immédiatement ce jouet et venez voir le corps. Pour moi, il n'y a rien de suspect. Il y a un seau d'eau et un balai à côté d'elle, elle devait faire son ménage et elle aura glissé.
– Ok, capitaine, désolé ! C'est juste que mon gamin a eu le même à Noël, je me souviens. C'est Paul le Policier. Je crois qu'il n'y a même pas encore joué. »

C'était le jouet du gosse. Il était resté posé là, sur l'évier, et le bouton « engeristrer » était enfoncé depuis que le môme était parti faire sa sieste, depuis trois longues heures.

LE TRUC VENU DE L'ESPACE

Cette fin d'après-midi là était exceptionnelle pour un mois de novembre qui touchait à sa fin : il faisait encore 17 degrés dans cette petite bourgade située au centre de la France.
Comme tous les soirs en rentrant de l'école, Nico jouait avec son « loup », Woldi. C'était un genre de Loulou de Poméranie ne mesurant guère plus de 30 centimètres de hauteur, mais pour Nico âgé de sept ans, c'était un loup féroce et sanguinaire.
– Papa, appela le gamin, viens voir ce que mon loup a déniché.
Arno Leganthiez était en train de boire une tasse de café, il grimaça un soupir de dépit en songeant : « Je viens seulement de rentrer du boulot et j'ai pas une minute à moi. »
– Je finis mon café et j'arrive, articula-t-il malgré tout par la fenêtre de la cuisine qui donnait presque sur le jardin.

– Dépêche-toi Papa, c'est bizarre quand même ce truc !

Arno Leganthiez se résigna à sortir afin de voir ce que lui voulait encore son fils, tout en continuant de pester. Il en avait après sa femme. « Vivement qu'elle rentre et qu'elle s'en occupe, après tout elle travaille moins d'heures que moi. »
Arrivé sur les lieux du truc soi-disant bizarre, Arno ne découvrit qu'un vulgaire bout de plastique ou de métal peint en noir. Un tube cylindrique d'une dizaine de centimètres de long.
« Oh non, tu parles d'une trouvaille. » gloussa-t-il intérieurement.
– Donne-le moi que je vérifie, on sait pas ce que ça peut être ! » il s'écria.
Au jugé cela pesait une centaine de grammes.
En observant de plus près ce bidule, il vit des diodes à une des extrémités qui se mettaient à clignoter. Lumière bleue, puis rouge, puis jaune, puis blanche. Il vit une inscription, une sorte de rune, ou une écriture elfique comme dans le Seigneur des Anneaux. « Peut-être pas si inintéressant au final. » estima-t-il, tout intrigué.

Le voisin, Vincent Sauvain, avait assisté à la scène. Il était en train de ramasser les feuilles tombées des arbres qui étaient belles mais bien mortes.
– Hello les voisins, il fit. Eh, vous avez mis la main sur un trésor ?

– Ah, salut Vincent, lui répondit Arno, amusé. Un trésor, non je ne pense pas. Mais c'est singulier, c'est vrai, c'est le chien qui l'a trouvé.

– C'est mon loup, reprit le môme.

– Oui, enfin, c'est un petit truc, on dirait un jouet, regardez, prenez-le si vous voulez.

– Oh non, merci, je ne préfère pas y toucher. Et je serais vous je le lâcherais immédiatement. Il y a eu un documentaire avant-hier soir à la télé. Il y a eu des gens qui se sont fait contaminer, dans les pays de l'Est je crois. Le reporter racontait que c'était une arme bactérienne venue d'un pays étranger. C'est la même chose que ce que vous tenez-là !

– Ah bon, à ce point, c'est un truc grave ? Je n'en ai même pas entendu parler !

– Pas plus d'info pour l'instant. Ils ne savaient pas encore si c'était un pays du Moyen-Orient ou d'Amérique du Sud, ou Dieu sait où. Enfin, vous avez pas de bol que ça se soit retrouvé chez vous.

Vincent Sauvain réfléchit une minute puis proposa : « Ecoutez, comme je suis un adjoint au maire, je vais appeler Monsieur le maire pour savoir quoi faire de votre engin. Pour l'instant vous feriez mieux de le reposer, je pense. »

Arno, qui se demandait si toute cette histoire allait lui attirer des ennuis, écouta la conversation téléphonique du voisin. La femme de ce dernier était sortie pour voir ce qu'il se passait. Elle émit l'idée que ce machin là, qu'elle apercevait de l'autre côté de leur clôture, n'était sûrement qu'un jouet qu'un oiseau aurait déposé là par hasard.

Sauvain avertit que le maire, Gérald Diolpair allait venir d'un instant à l'autre avec des agents communaux et sans doute même des policiers pour faire des relevés techniques et scientifiques. Ça ne traîna pas en effet. Moins de dix minutes s'étaient écoulées quand surgirent cinq personnes d'un utilitaire arrivant à fond de blinde.

Avant qu'ils ne s'approchassent de l'objet insolite, Woldi, le chien qui s'était tenu sage jusqu'ici, s'empara du truc, le colla entre ses dents et se mit à pousser des grognements délicats.

– Woldi, allez viens, au pied ! Donne-moi ça ! intima Nico, imité par son père Arno.

– Ah, saleté de bestiole, jura d'ailleurs ce dernier. Bonjour messieurs, excusez notre chien, il faut toujours qu'il fasse l'intéressant. C'est d'ailleurs lui qui a trouvé l'objet.

– Bien le bonjour, répondirent en chœur toutes ces personnes fraîchement débarquées.

Le maire s'entretint un instant avec son délégué. Et le chien était toujours là, à refuser de rendre l'étrange truc qui clignotait dans sa mâchoire. Ce qui accentuait le soupçon de chacun. Sauf de la femme du voisin qui persistait : « Oh, mais ce n'est qu'un jouet, enfin ! Vous n'allez pas faire tout un flan pour ça ! »

Monsieur le maire prit la parole : « Ecoutez, je pense comme Vincent, mon adjoint. Je l'ai vu aussi ce reportage. Si ma mémoire est bonne, ils parlaient aussi des physalies, un genre de méduses dangereuses dans le Finistère. En tout cas, votre objet, là, c'est sûr à 99 %, il s'agit d'un objet d'origine inconnue. Une de ces nouvelles armes d'un pays qui nous est hostile, qui sait ? Ainsi, dès que votre chien sera décidé à nous laisser l'observer de plus près, nous pourrons prendre une décision. Mais pouvez-vous me dire qui a touché cette chose ?
– A part Woldi, il n'y a que le gamin et moi, répondit Arno.
– Eh bien, M. Leganthiez, vous devrez faire quelques analyses dans les heures qui viennent. C'est pour le bien commun. Je n'ai pas envie qu'un de mes administrés se mettent à couver une maladie venue d'un pays qui nous veut du mal. Une maladie qui pourrait être contagieuse et, qui sait, se répandre au niveau national.

Arno se sentit soudainement pris dans un pétrin pas possible. Il avait juste envie d'être tranquille en sortant du travail, et voilà que cet objet de malheur avait tout gâché. Si seulement il était passé récupérer Nico à l'école à peine plus tard, tout cela ne serait peut-être pas arrivé. Apparemment, c'était un problème assez sérieux.
– Prenez quelques affaires à la maison et filez à l'hôpital, je vais les appeler pour les prévenir, conseilla M. le Maire. Attendez-moi pour partir, je vais vous accompagner, ajouta-t-il.

Puis, tandis que les autres gars filèrent vers la voiture, l'édile se tourna vers son adjoint et lui adressa un petit clin d'œil.

– Alors, Vincent, que dis-tu de ça ? Ils y ont cru ?

– Ils sont bien obligés d'y croire. En tout cas, j'ai laissé le truc tremper dans de la graisse de porc pour attirer le chien et ensuite ils sont tombés dans le panneau.

– Très astucieux, ça ! Bon, c'est dommage que la femme ne soit pas là…

– Oui, habituellement elle est là à cette heure-ci. Ce n'est pas grave, je n'aurai qu'à lui dire que la maison est contaminée. Après tout, ils sont rentrés dedans, elle y croira ou pas, on verra.

– En tout cas la tienne de femme, elle a failli tout gâché !

– Je ne voulais pas lui dire de ne pas intervenir. Elle est très suspicieuse, tu sais, et cela lui aurait mis la puce à l'oreille.

– Tu as bien fait. Je suis très secret avec ma femme moi aussi. Bon je vais aller avec eux au labo. Je vais enfiler une combinaison blanche avec des gants pour plus de réalisme et demander à mes gars de faire comme moi. Quand le père Leganthiez verra les résultats, il sera bien contraint de quitter sa maison. Et nous la ferons raser. Alors, à nous le centre médical !

En regardant tout ce petit monde s'en aller, Vincent Sauvain avait des états d'âme. Il aimait bien la famille Leganthiez. Mais d'un côté ce centre

médical à cet emplacement précis apporterait un plus pour leur ville. Il avait fallu faire un choix. Et ce petit chien qui aboyait à longueur de journée, au moins, il en serait débarrassé.
Peu scrupuleux, il se remit à balayer ses feuilles mortes en attendant que la femme Leganthiez daigne se montrer. Il la regarderait rentrer chez elle, puis irait l'avertir que sa maison était inutilisable, infestée de bactéries importées d'un pays étranger.

Après les examens, Gérald Diolpair fit un saut à son office. L'architecte avait laissé les plans du nouveau centre. Tout s'était passé comme il l'avait combiné. Madame Leganthiez, alarmée, les avait rejoint à l'hôpital. Elle avait elle aussi passé des tests qui s'étaient révélés positifs. Elle n'aurait pas dû s'introduire dans leur maison. Toucher à la poignée l'avait rendue malade. Du moins, elle l'avait cru. Le père Leganthiez, méfiant, avait demandé une contre-expertise mais les résultats seraient de toute façon les mêmes. Ils seraient faussés. Le documentaire sur cette arme bidon, s'il le fallait, Gérald irait le tourner lui-même. Ou alors, il écrirait un faux article en ligne et le tour serait joué.
Un médecin, une pharmacienne, une infirmière et un kiné à cet endroit, ce ne serait que du bénéfice !
La famille Leganthiez serait relogée ailleurs. Ce n'était pas si grave après tout. Il espérait quand même qu'ils n'iraient pas jusqu'à faire piquer leur chien. La pauvre bête.

Plusieurs mois avaient défilé comme si de rien n'était. Confidentialité oblige, rien n'avait filtré dans la presse.
Il y avait une légère brise fraîche cet après-midi là mais c'était raisonnable pour jouer dehors. Mely, âgée de six ans, s'amusait dans le verger avec son tigre, Wobs. C'était en fait un jeune chat de race indéterminée que ses parents avaient adopté. Il devait mesurer un quart de mètre tout au plus mais pour Mely, c'était un tigre sauvage et impitoyable.
La gamine héla sa maman : « Maman viens voir ce que mon tigre a déterré, c'est bizarre quand même ce truc ! »
Steffi souhaitait faire quelques exercices au piano afin de détendre ses doigts et elle venait tout juste de sortir son classeur à partitions qu'elle était déjà dérangée. La musique attendrait. Elle cria :
« J'arrive ma chérie ! »

Ce truc était juste un bout de plastique ou de métal cylindrique. Steffi le prit entre ses doigts. Cela sentait la sauce au thon. Il y avait des inscriptions dessus. Elle paria sur du sanskrit ou sur une écriture indienne.
Un voisin qui bricolait dans sa cour après sa voiture avait tout vu.
– Hello voisine, fit-il. Alors, c'est un trésor ?
– Un trésor, je ne pense pas, c'est notre chat qui aura reniflé ça et l'aura pris pour un truc à manger.
– C'est mon tigre, reprit Mely

– Mais c'est vrai que c'est bizarre. Tiens, il y a même des lumières qui s'allument. Regardez, prenez-le.

– Oh, je n'en ferai rien ! Et je serais vous, je reposerais cela tout de suite, j'ai vu un reportage hier soir sur la chaîne démocratique, il parlait d'une possible nouvelle arme extra-terrestre. Identique à celle que vous tenez en ce moment… Des gens se sont fait contaminer dans une petite province en Sibérie ou dans un pays oriental.

– C'est pas possible ? Mais je suis abonné au journal et ils n'en ont pas parlé !

– Sans doute qu'ils ont dû ensuite passer les choses sous silence pour ne pas alerter la population et pour ne pas créer de mouvements de panique.

Bon, comme je suis attaché au ministère chargé de la sécurité aérienne et terrienne, je vais de ce pas appeler Monsieur le Ministre. Il n'habite pas très loin, il saura quoi faire.

– Ah bon ? Je vais appeler mon mari, vous savez, c'est le maire. Gérald Diolpair, il devrait être au courant.

– Probablement, probablement.

Déjà, une berline noire ministérielle s'approchait de la maison.

FAUSSE CAPTIVE

Déjà, qu'est-ce qui lui avait pris à ce vent de souffler si fort ? D'accord, c'était l'automne et un automne sans un minimum de vent c'était comme un été sans soleil, comme un océan sans eau : inconcevable. Mais là, quand même ! Son souffle avait tout emporté : les dernières feuilles décolorées sur les arbres, des chaises de jardin, le linge suspendu, des détritus divers. Tous avaient voltigé et s'étaient perdus cahin-caha, qui sur la route, qui chez les voisins.

Quand elle n'aperçut plus sa petite culotte rose, Johana eut comme un flash-back. Ce léger bout de tissu était semble-t-il pour elle comme un porte-bonheur. Elle ne la voyait plus sur le fil, et, dans ses beaux yeux bleu-vert, son inquiétude devenait de plus en plus vive. Oui, elle l'avait révélé une fois à sa meilleure amie, elle était persuadée que c'était grâce à cette culotte qu'elle avait rencontré Liam, et si elle ne l'avait plus en sa possession, qui sait ? Il pourrait sans doute rompre, son bonheur s'écroulerait. Ne lui vouait-elle pas un culte à cette culotte ? Elle commença à paniquer en cherchant du regard où était passé ce vêtement sacré, ne se tracassant que très peu pour toutes ses autres affaires.

Elle alla sonner chez le voisin pour le prévenir que sa petit culotte était dans sa propriété. Elle sourit face au ridicule de la situation. Son voisin. M. Passein. Elle venait de lire son nom écrit en dessous de la sonnette. Elle avait aperçu sa silhouette à travers la baie vitrée. Il avait l'air d'un homme bizarre, élancé, cheveux bruns frisés en bataille. Sans doute qui ne parlait pas beaucoup. Sûrement que personne ne le connaissait vraiment. Du genre à sortir peu.
– J'ai un peu honte de vous demander ça mais le vent a fait atterrir un de mes sous-vêtements sur votre pelouse, déclama-t-elle à mi-voix, comme si elle avait été au théâtre.

Elle répéta cette phrase plus fortement quand le contour de l'homme se dessina plus précisément dans l'encadrement de la porte.
– Vous prendrez bien un café, lui dit-il en l'invitant à entrer d'un geste de la main. Ma femme est partie faire du shopping mais elle ne devrait pas tarder.
Ce type avait donc une femme ? Il paraissait pourtant être un de ces hommes à rester célibataire.
– C'est que je n'ai pas trop le temps, elle expliqua.

– C'est comme vous voulez, je disais ça, c'était aussi pour faire plus ample connaissance.

Une boule de poils se manifesta sur le pas de la porte en se frottant à la jambe de Johana et en ronronnant doucement.
– Oh, il est trop mignon !
– Oui, il s'appelle Lafy, mais c'est bien un mâle, dit le voisin qui avait l'air de devenir plus sympathique depuis l'apparition de ce petit chat tout chou.
– Allez, laissez-moi vous offrir un arabica, j'ai acheté une superbe cafetière récemment et vous m'en direz des nouvelles ! Elle moud les grains avec un système innovant. Vous aimez le café ?
– Oui. En fait, j'en bois plusieurs tasses par jour. Très bien, allons-y pour un café, merci ! Mais avant je vais aller chercher ma petite culotte si ça ne vous dérange pas.
– Faites donc !

Elle remarqua, tandis qu'elle était sur le seuil de la maison, que l'intérieur était coquet, mais assez minimaliste. Il n'y avait pour ainsi dire aucune décoration, excepté un tableau ornant le mur du salon. Tout était très bien rangé. Comme si le type était un maniaque. Ou alors c'était sa femme qui était une pro du rangement.

Johanna rentra au bout de quelques secondes, tout sourire, elle avait retrouvé son dessous qu'elle tenait plié dans sa main droite.

– Et alors cela ne fait pas longtemps que vous habitez dans le quartier n'est-ce pas ? demanda M. Passein.
– Non à peine deux mois. Mais c'est un charmant endroit, les gens du village sont tous très gentils.
– Oh, ça oui, tout le monde s'entraide ici. Tenez la machine sonne, la boisson est déjà prête. Vous prenez du sucre ?
– Oui, enfin juste un demi, si possible, pria la jeune femme.
– Tenez, faites à votre aise, dit l'homme, en lui tendant la boîte à sucres.

Le café avait un goût étrange mais elle mit ça sur le compte de cette machine. Néanmoins, pour être polie, elle dit qu'elle n'en avait jamais goûté de meilleur depuis belle lurette. Mais tout en prononçant ces paroles, elle se sentit affreusement migraineuse. Comme si elle avait bu de l'alcool. Elle ne supportait pas.
– Mais, vous avez mis de l'alcool dedans non ?
– Oui, enfin juste une goutte ! Vous ne vous sentez pas bien ? Allongez-vous si vous le voulez.

Soudain, dans ses yeux, un éclair de lucidité sembla naître. Ce type l'avait sûrement droguée. L'idiote, elle s'était laissée prendre au piège.
– Je, je vais rentrer, bredouilla-t-elle.
– Rentrer ? Déjà ? Mais c'est dommage, ma femme, comme je vous disais…

Elle n'eut pas le temps d'entendre le reste de la phrase qui se perdait en sons vagues et embrouillés. Ses paupières recouvrirent à moitié ses deux globes oculaires, et tout ne fut que silence autour d'elle, comme si elle s'endormait en restant consciente.
– Un psychopathe, murmura-t-elle, je suis tombée sur un psychopathe. Je vais prendre mon portable dans ma poche et appeler quelqu'un.
Comme elle cherchait d'une main molle l'objet, elle se rappelait qu'elle l'avait mis dans la poche de sa veste qui était juchée sur une chaise à quelques mètres de là. Elle était sans défense.
– Que m'avez-vous fait ? questionna-t-elle d'une voix à peine audible.
– Ce que je vous ai fait ? réitéra l'homme. Mais enfin, rien du tout ! Vous devez avoir un vertige, je vais prévenir les secours.

Les yeux entre ouverts, elle le vit tapoter sur un portable qui ressemblait au sien. C'était à elle, elle en était persuadée, la même coque noire avec un dessin tribal dessus. Ça ne pouvait pas être qu'une simple coïncidence !
– Mais, c'est mon portable, voulut-elle crier, cependant c'était plus un cri étouffé. Rendez-moi ça !
– Je pense que vous nagez en plein délire, déclara le voisin dans un rictus obscur, c'est sans doute que nous possédons le même, ils se ressemblent tous de nos jours ! Ah, mon Dieu, je n'aurais pas dû verser d'alcool, vous devez être trop sensible.

Puis, à demi-inconsciente, elle eut le sentiment qu'elle allait s'endormir pour de bon. Elle le vit sortir de la maison, il avait porté le smartphone à son oreille mais ne parlait pas.

Lorsqu'elle s'éveilla enfin, elle constata qu'elle n'avait plus les mêmes habits. Du moins, elle ne se souvenait pas qu'elle portait cette chemisette à carreaux. Lui appartenait-elle d'ailleurs ? Elle était encore dans les vapes. Les murs de la salle dans laquelle elle se trouvait étaient tapissés de boites d'œufs et il n'y avait pas de fenêtre, à part une lucarne opaque qui n'apportait guère de lumière. Un ancien synthétiseur recouvert de poussière trônait pudiquement dans un coin, une tour d'ordinateur désossée reposait sur une vieille table, une tasse ébréchée était plantée à-même le sol.
Pas grand-chose d'autre apparemment.
Le voisin se montra au bout de quelques minutes.
– Ah, ma femme, ça y est, tu es revenue à toi !
Elle ne comprit pas les mots qu'il prononça. Sa femme ? Elle n'était plus sûre de rien.
Certainement frappée d'amnésie, Johana cria mais le son qui sortit de sa bouche ressembla au miaulement d'un chaton.
– Mais que t'arrive-t-il ? demanda l'homme. Tu ne vas pas mieux, on dirait. Tiens, prends ce verre d'eau. Je t'ai attaché les mains pour ne pas que tu te blesses, tu courais partout dans la maison en revenant de ton shopping. Tu te rappelles ? Tu étais partie acheter des sous-vêtements en vue d'une petite soirée

sympathique, c'était tes propres mots. Tu ne te souviens de rien c'est ça ? Ce n'est pas la première fois. Regarde, la lingerie que tu as achetée en soldes.

Les souvenirs de Johana devaient être confus. Cette petite culotte en soie rose paraissait effectivement lui parler car elle leva l'index comme pour se la réapproprier. Mais comment aurait-il été possible que le visage de cet homme lui dise quelque chose. C'était vraiment effrayant.
– Tu n'arrêtais pas de crier, j'avais peur que tu ameutes tout le quartier, continua-t-il. Alors je t'ai mise dans la pièce où je fais de la musique, tu sais celle qui est complètement insonorisée. Ecoute, repose toi encore quelques heures. Quand tu auras repris tes esprits, on ira se promener, d'accord ?

La banquette sur laquelle elle était allongée était en partie délabrée. Il y en avait peut-être eu d'autres à passer ici avant elle. Les doigts appuyés sur ses tempes douloureuses, il était évident qu'elle avait un mal fou à se rappeler de qui elle était et la raison de sa présence ici.

Célia éteignit la télé. Elle avait sommeil et ne souhaitait pas en savoir plus ! Au début, elle avait presque cru à une comédie romantique, ou à la limite, à un de ces films sensuels un peu niais. A présent, elle se doutait bien de ce qu'il allait advenir de la pauvre jeune femme. Elle imagina qu'elle allait se faire manipuler par ce cinglé de voisin jusqu'à ce qu'elle croie qu'elle était vraiment sa compagne. Il y aurait peut-être des scènes de viol, de torture, ou pire. Elle avait bien fait de couper l'image.

Elle pensa que le personnage était un peu bête d'être rentrée comme cela chez ce voisin qui avait l'air si bizarre. Elle ne s'identifiait pas du tout à elle. D'un côté, ce n'était pas la faute de la femme, l'homme devait être un sacré sociopathe. Manipulateur, séducteur. Elle l'avait vu en train de poser le smartphone de Johana carrément sur le rebord de la fenêtre de sa voisine. Les secours croiraient certainement qu'elle s'était volatilisée. La localisation du portable s'avérerait infructueuse. Ah, quel sale type ce personnage du voisin !
Enfin, cette histoire ne risquait pas de lui arriver. Elle, elle habitait dans un immeuble au centre-ville. Et son linge, elle le faisait sécher sur un étendoir dans son appartement.

Elle remonta la couette sur son buste tout en considérant que sa petite culotte en soie, rose pâle, était exactement semblable à celle qui s'était envolée dans ce feuilleton débile. Il lui semblait presque percevoir un bruit, comme des coups répétitifs, comme si quelqu'un toquait à la porte ! Peut-être était-ce le voisin du dessous qui avait encore besoin d'un ou deux œufs. Il était passé pour en emprunter la semaine dernière. Mais, quand même, à cette heure-ci ? Elle espérait qu'elle avait bien fermé à clé et enclenché le verrou. C'était bien la dernière fois qu'elle zappait sur cette chaîne.

UN SOIR DE FETE

Samedi soir, ça allait être une sacrée fiesta. Corentin était excité. C'était la première fois dans sa jeune existence qu'il se rendrait à une soirée déguisée. La première fois aussi qu'il allait à une vraie fête depuis qu'il avait accepté de continuer sa formation dans le domaine du commerce, à l'autre bout du pays. Cela faisait trois mois qu'il avait quitté sa région natale et il n'avait pas encore énormément de fréquentations dans le coin.

Par chance, une de ses camarades, Gaïa, l'avait invité à cette soirée. Il l'aimait bien cette petite femme brune. Et cela semblait réciproque.
Même si elle mesurait vingt centimètres de moins que lui, il aurait bien voulu qu'elle devienne un peu plus qu'une simple camarade. La taille, ce n'était pas cela qui comptait dans une relation.
Il espérait presque que cette fête soit un tremplin pour qu'ils se rapprochent encore plus.

Cynthia, une autre étudiante suivant le même cursus, se joindrait également à eux.

Corentin avait été un peu déçu de l'apprendre.

D'une part, il savait que les deux filles ensemble étaient intenables. A la base, Gaïa avait un caractère plutôt introverti alors que Cynthia était l'opposé. En revanche, une fois qu'elles étaient réunies, elles s'entraînaient mutuellement dans leurs délires et il n'y avait plus de distinction possible : personne n'aurait pu dire qui de l'une ou de l'autre était timide ou non. Dans la salle de classe, elles semblaient rire parfois sans raison.

Corentin avait néanmoins relevé certains détails qui les départageaient. Par exemple, Cynthia aurait été plutôt du genre à surjouer un « Mais non ? » face à une parole qui la surprendrait, alors que Gaïa, plus terre à terre, se serait certainement accommodé d'un simple « Tiens donc ? ».

Pour Corentin, Cynthia devait avoir été élevée à grands renforts d'émissions télé-réalité. En tout cas, elle débitait parfois les mêmes phrases que les actrices de ces divertissements grand public. Et Gaïa était peut-être plus littéraire, plus ancré dans une certaine bienséance.

D'autre part, Cynthia avait rabroué sèchement Corentin à plusieurs reprises. Un jour, il lui demanda s'il était possible qu'il voie ce qu'elle avait copié concernant une leçon sur les techniques de la vente forcée et elle lui avait sorti : « Mais t'as cru que j'étais ta pote ? C'est pas la fête ! ».

D'autres fois, elle lui avait exprimé d'autres douceurs du genre « Tu me saoules » ou « Ta gueule, toi » quand Corentin avait osé lui adressé la parole. Il ne lui semblait pourtant pas être plus saoulant que ses autres camarades, du moins pas plus que le grand brun qui jouait au football et qui entonnait régulièrement des chansons paillardes.
C'était comme cela, ce n'était pas le grand amour entre ces deux-là. Et pourtant, au tout début de l'année, Corentin aurait plutôt eu un faible pour cette jeune femme, plus grande, plus en chair que Gaïa.
En tout cas, comme cette dernière aimait bien Corentin, et que Cynthia aimait bien Gaïa, alors Cynthia faisait quand même des efforts depuis quelque semaines, elle était même parfois devenue gentille avec Corentin.

Le thème de la soirée n'était pas des plus recherchés. Il fallait arriver costumé en un animal de son choix. Avec tout de même cette petite subtilité qu'il fallait que le nom de cet animal commence par la première lettre de son prénom. Il fallait venir déguisé ou ne pas arriver du tout. En effet, les personnes "normales" ne seraient pas autorisées à entrer. Et de plus, une fois sur place, il n'était pas question de faire tomber les masques avant qu'il ne soit deux heures du matin.

Vendredi, après les cours, les trois étudiants, Corentin, escorté de Gaïa et de Cynthia, se rendirent dans une boutique de farces et attrapes qui regorgeait d'un tas de déguisements en tout genre.

Corentin avait opté pour un costume de cochon. Il l'avait trouvé marrant. Il était déplié dans un coin et le jeune homme avait pu mieux se rendre compte. Il l'avait essayé et le seul défaut constaté était qu'il avait un peu de difficulté à marcher. Le vêtement le serrait au niveau des jambes. Au niveau du ventre et du visage par contre, c'était au top. Même s'il avait aussi un tout petit peu de mal à respirer, malgré les deux trous pour le nez et la bouche, il n'y avait pas à chipoter. Pour une trentaine d'euros, cela rentrait dans son budget consacré aux sorties.

Comme elle se serait bien vue être une grenouille dans une autre vie, Gaïa mit le grappin sur un costume vert en poussant des « Croa, croa » tout en rigolant avec Cynthia. Cette dernière, qui avait d'abord hésité avec un bel habit de cygne blanc, opta finalement pour un cheval à la robe bai. La tête était ultra-réaliste et le corps créait une bonne illusion, même si la jeune femme avait l'air engoncée là-dedans. Elle n'avait pas lésiné sur les moyens puisqu'elle avait dépensé le double de Corentin.

Samedi soir enfin arrivé, la soirée était donc sur le point de commencer. Corentin était un brin angoissé. A part Gaïa et Cynthia, il ne connaîtrait pratiquement qu'elles. Si, il y avait bien deux ou trois types qu'il connaissait de vue, seulement ce serait de toute façon impossible de les identifier avec leurs artifices sur la tête.

Il ne savait par contre pas qui était l'hôte de la soirée mais, de l'extérieur, sa demeure paraissait immense.

Dans un lotissement reculé de la ville, sur les hauteurs, la bâtisse s'élevait majestueusement, sans vis-à-vis. Cynthia, qui était déjà venue ici, les informa que l'homme qui les invitait, Pedro, était le propriétaire de la maison. C'était un jeune homme qui avait hérité de la fortune de ses grands-parents, il était étudiant lui aussi, mais en chimie.

Dans la voiture, la radio passait une chanson de Brel, enjouée et dansante. C'était Corentin, de bonne humeur, qui conduisait. Il s'amusait à changer les paroles en fredonnant: « T'as voulu du chou-fleur, t'as eu que d' la semoule » et il souriait tout seul avec son masque de cochon sur la tête.

Il y avait une grande cour dans laquelle une dizaine de véhicules étaient déjà parqués quand Corentin débarqua avec ses deux camarades. Il était 20h11.

Le maître des lieux accueillait les arrivants en tant que poule. Son habit était démesurément grand, et son visage jovial sortait au niveau du torse et chantait : « Ah, vous êtes les derniers ! Entrez, entrez, faites comme chez vous, visitez, mangez, dansez, et surtout buvez ! » Et il offrait un verre au passage à chaque invité. « Attention, c'est bien dosé en rhum ! » avertissait-il en même temps.

Cynthia trempa seulement ses lèvres, c'était elle qui conduirait pour repartir. Corentin et Gaïa vidèrent leur gobelet d'un trait. Tous trois entrèrent.

Tout se passait bien. Une trentaine d'animaux s'amusaient gaiement : ils buvaient, dansaient, chantaient au karaoké. Il y avait, entre autres, un sanglier, une souris, une girafe, un éléphant, un lapin, une autruche… Un crocodile officiait en tant que DJ. Seules deux personnes avaient choisi le même habit : celui d'un ours.

Certains étaient sûrement déjà éméchés avant d'arriver, ou alors il avaient abusé du punch qui était corsé. Une personne (une lionne) faillit chuter en dansant, elle avait eu un coup de chaud. Comme elle voulut enlever son masque, l'hôte (la poule) lui rappela les règles.

A un moment donné, il devait être 23 heures, un joint tourna. Un rhinocéros et un singe fumaient à travers leur masque. Corentin huma la fumée. Cela sentait l'herbe. Comme il était allergique, il déclina l'offrande. Il avait testé une fois, cela l'avait rendu blanc comme un linge et incapable d'aligner deux mots.

Plus tard encore, dans le recoin sombre d'une pièce, Corentin découvrit le cheval, la poule et un sanglier se partageant des pilules colorées. Il ne s'en était pas inquiété, cela pouvait très bien être des bonbons, et si c'était autre chose, il espérait que Cynthia pourrait encore conduire. Lui, il restait sur le punch qu'il trouvait délicieux.

C'est vers 1 heure du matin que les choses déraillèrent sérieusement. D'abord, il y eut une coupure de courant. Image éteinte et son muet : tout devint noir et silencieux l'espace d'une minute à peine.

Quand la lumière se remit progressivement à refaire surface, Corentin crut qu'il allait tomber dans les pommes. Son corps, il s'était véritablement métamorphosé en corps de cochon. Sa peau n'était plus humaine, elle était à présent rosacée, elle était devenue porcine.

Il pouvait encore réfléchir et respirer comme un humain, mais le son qui sortait de sa bouche, c'était un grognement affolé. Il s'assit par terre pour penser calmement. C'était peut-être à cause de l'alcool qu'il avait bu. Il était sûrement dans un état de délire intense. Ou pire, quelqu'un lui avait mis quelque chose dans son verre et il était en pleine hallucination !

C'est lorsqu'il entendit un chat passer près de lui, un chat à taille humaine, pousser un miaulement rauque, qu'il comprit que tout cela n'était que trop réel. Tous les invités étaient dans le même cas que le sien. Tous transformés en animaux.

Comme Corentin, ils avaient gardé leurs bras et leurs jambes, mais leurs visages, leurs corps, leurs peaux avaient pris l'apparence de l'animal qu'ils incarnaient.

Il chercha Gaïa pour tenter d'éclaircir cette absurdité, cette aberration. Elle se trouvait deux pièces plus loin, en train de croasser, les yeux emplis de panique.

Qu'est-ce que c'était que ce cirque ?! Qu'est-ce qui avait bien pu tous les précipiter dans cet état ?

Au dessus d'eux, sur la mezzanine, l'hôte de la soirée, Pédro, claqua des doigts. Il s'était débarrassé de son costume de poule et il parut alors sous sa forme humaine. Vêtu d'un treillis de militaire, ou alors peut-être était-ce un habit de chasse, il frappa plus fort dans ses mains pour que ses convives animalisés lèvent leurs regards. Il était accompagné d'un autre homme à la mine sévère, affublé de la même façon, sans artifice.
– Vous me reconnaissez ? demanda-t-il. Eh bien, que la fête commence les amis !
Et là-dessus il dégaina un fusil style carabine à plomb. Il tira une fois en l'air. C'étaient de vraies cartouches, le trou dans le plafond était là pour en attester.
La plupart des animaux se faisaient silencieux mais certains commençaient à pousser des cris propres à leur espèce.
– On vous laisse une minute pour vous barrer de là, vous feriez mieux de trouver la ferme la plus proche ! gueula l'hôte.
– Ouais, ou bien un zoo, fit son compère en se bidonnant.

Un troisième comparse apparut bientôt. Corentin reconnut la bête. C'était Cynthia ! Sous le cheval elle était habillée comme les deux autres.
– Personnellement, je vais me farcir ce cochon en premier ! Je peux pas le piffer ! Eh gros porc, tu crois que je t'ai pas vu me reluquer comme un pervers dans l'amphi ?

Tandis qu'elle pointait son arme sur la pauvre bête désarçonnée, Pédro posa la main sur le canon :
– Bonne idée, on en fera du saucisson ! Mais attends un peu, (il jeta un œil à sa montre) il reste cinquante secondes avant qu'on ne les canarde.

Personne ne semblait comprendre mais tous avaient commencé à décamper. Certains détalaient par la porte d'entrée, d'autres comme Corentin et Gaïa couraient vers la sortie de derrière.
Il y avait un vaste champ qui donnait sur des rues mal éclairées. Une dizaine d'animaux s'engouffra dans l'herbe. Après une vingtaine de mètres, Corentin aperçut un zèbre s'affaler, touché à une jambe. Le singe, qui avait fumé trop d'herbe, se mit en tête de grimper à un noyer pour prendre plus de hauteur, il n'eut pas le temps d'y parvenir, une balle le fit dégringoler de la première branche.
Un pigeon s'écroula également. Prenant conscience de son nouveau statut, il avait pensé pouvoir voler mais aucune aile n'avait poussé dans son dos.

Le cochon ne s'arrêta pas pour autant. Il courut à en perdre haleine pour se terrer dans un bosquet. La grenouille le serrait de près. Ils entendirent, au loin, Cynthia qui s'époumonait : « Ah je n'aurais pas du prendre ces pilules les gars, je suis en pleine hallu maintenant et j'arrive à toucher personne ! »

Des bruits de détonation résonnaient dans la plaine, entrecoupés de cris apeurés d'animaux réels ou non.

En faisant sa promenade dominicale, guère avant l'aube, sur la petite route de campagne de son lotissement, avec son chien baptisé Maxou, Jules Drenant eut quelques frayeurs. Le clebs, un Mâtin des Pyrénées à poils blancs tachetés de noir, tirait avec entêtement sur sa laisse. Il devait avoir flairé un truc ou une bestiole. Soudain, Jules qui courait derrière lui, haletant, dut faire un écart à cause de la conduite calamiteuse d'un cabriolet. Il aurait juré que c'était un ours qui était au volant du bolide. Un renard, qui s'était dressé sur ses deux pattes arrières, avait failli être percuté à peu près au même instant puis avait déguerpi sans demander son reste.

Et derrière des buissons, d'où quelques mouvements se laissaient entendre, le promeneur et son chien découvrirent un cochon géant et une grenouille immense, enlacés et tétanisés.
Comme Jules Drenant pensa à un couple de fétichistes en train de faire des cochonneries, il siffla son chien et lui expliqua : « Tu vois Maxou, ça, ça doit être encore une soirée déguisée qui a mal tourné ! »

LA MACHINE

Jonas Mazamer était encore en train de rager devant son écran de tacphone. Selon lui, ça devait être la Machine du Travail qui buggait. Il avait passé de nombreux tests avec une certaine réussite et avait quand même obtenu assez de diplômes pour pouvoir prétendre à un travail de catégorie 3 au moins. Mais au lieu de ça, les seules propositions qu'il recevait, c'était des offres de catégorie 4, voire 5.
Ce qu'il voulait faire à la base c'était ingénieur dans la domotique ou entrepreneur dans la science de l'habitat. Ses anciens camarades d'université avaient d'ailleurs pratiquement tous réussi à trouver des emplois convenables, et pour lui, niet ; allez savoir pourquoi, soit car il n'y avait plus de place dans ce domaine, soit car ses notes n'étaient encore pas assez bonnes. Il ne savait même pas à quoi s'en tenir finalement. De toutes les manières, avec l'apparition de cette Machine, ces choses-là n'avaient plus d'importance.

Jonas se posait quand même des questions comme : « Est-ce un truc pour m'éprouver ? » ou « Qui est-ce qui est derrière tout ça, un algorithme, un être humain ? » Il éprouva l'envie de jeter son tacphone par-terre, de l'écraser avec ses pieds, puis de faire une danse de la joie ensuite autour des débris. Il se résigna, il n'avait pas envie de payer l'amende qui s'en suivrait, il devrait même redonner de l'argent pour avoir de nouveau un autre bidule. Pire que pour une voiture placée en fourrière…

La semaine dernière, Jonas était livreur de pizzas, le mois dernier, il avait été contraint, faute de revenus, de partir deux semaines dans le Midi pour repeindre des maisons de lotissements chics. Remarquez, cet emploi était ce qui se rapprochait le plus de son profil.

Ce jour-là, il s'était senti obligé d'accepter pour le lendemain un poste d'agent d'entretien. Cela ne le dérangeait pas tant que ça. Du moins le travail en lui-même n'était pas très difficile, il l'avait déjà fait. C'était un boulot comme un autre, certes moins prestigieux que celui qu'il voulait exercer, ou que d'autres qu'il avait déjà exercés. Tout son souci semblait se résumer à cela : le prestige de la profession et ce qui en découlait.

Par exemple, son ex-compagne, qui était à présent professeure d'anglais dans un lycée de banlieue lyonnaise, ne se serait jamais satisfaite d'un homme qui accepte des emplois en-deçà de la catégorie 3. Pour certains, les relations amoureuses semblaient seulement basées sur des histoires d'échelon social et de catégorie socio-professionnelle. Cela dit, c'était peut-être plus visible avant. La Machine avait fait du tort à cette semi-vérité. Car on pouvait très bien désormais avoir un coup de chance et se retrouver à une place avantageuse qui n'avait rien à voir avec ses compétences véritables.

Demain matin, il irait donc dans des bureaux quelconques, muni de gants et de produits pour faire le ménage. Il croiserait des cadres et se dirait qu'il pourrait lui-même devenir un des leurs. Il prendrait alors parfois un air assez grave, imiterait certaines de ses connaissances et confierait à ses proches : « Oui, c'est dur, je ne compte pas mes heures, mais oui ça va car je suis bien payé... », et puis quand il verrait des reportages sur ceux qui n'ont pas de travail, il penserait tout haut : « Regardez-les cette bande de fainéants ! ».
Il ne pouvait pas s'empêcher de supposer aussitôt qu'il était idiot, qu'il ne dirait jamais cela. Il y avait une certaine ambivalence dans son mode de pensée.

A la Centrale du Travail, les employés s'activaient. Ils avaient tous le nez sur leur ordinateur, ils tapaient on ne sait quoi sur des claviers. Leur principale mission était de vérifier le bon fonctionnement des applications. Certains étaient payés pour s'assurer que la Machine ne se trompait pas, mais la Machine ne se trompait plus jamais. Oui, au tout début de sa mise en route, elle faisait parfois des erreurs (dans les adresses mail, dans les dates de

naissance, essentiellement) mais elles avaient vite été corrigées par les employés.
Le personnel n'avait donc presque plus aucun contact avec les sans-emploi.
Certains d'entre eux se rendaient quand même encore à la Centrale, mais ce n'était pas pour demander conseil, c'était soit pour remettre leur dossier à jour, soit car ils avaient des difficultés avec leur tacphone.
Il y a environ quatre ans, tous les adultes du pays s'étaient vu offrir un tacphone, ils devaient le porter pratiquement en permanence sur eux sous peine de sanctions financières. Sorte de téléphone tactile amélioré, son usage avait été rendu obligatoire pour tout ce qui concerne de près ou de loin le Travail.

Axel Dravocinicovic, directeur de la Centrale, buvait tranquillement son thé vert, les pieds sur son bureau, le regard rivé sur les variations qui s'opéraient sur son écran d'ordinateur. Telle usine recherchait tel travailleur, tel patron avait besoin de tel employé. Tout ça il le voyait très bien et il était parfaitement conscient de certaines incohérences.
Lui-même, à trente-six ans, n'aurait jamais songé à devenir directeur mais un jour son tacphone le lui avait proposé et il avait juste été plus rapide que les autres. La rapidité faisait partie de la loi du marché.
Il aimait cette fonction et il s'en sortait bien, les résultats plaidaient en sa faveur. Le pire était qu'il n'avait pas l'impression de faire grand chose, non, un clic par-ci, un clic par-là, et souvent le tour était joué.

Ce qui l'embêtait le plus, c'étaient les réunions hebdomadaires avec toute l'équipe, il ne savait jamais vraiment quoi dire, mais comme c'était un homme à la base plutôt jovial et sûr de lui, il s'en tirait honorablement.

Finalement, son passe-temps préféré était de regarder les différents noms défiler sur son écran et de voir des courbes se dessiner selon que les emplois étaient pourvus ou non. La Machine s'occupait pratiquement de tout, il avait juste à être ici, à signer un document ou à appuyer sur l'écran de son ordinateur. Il devait aussi être là en cas d'imprévu. Mais en cas de problème qu'est-ce qu'il aurait fait au juste ? Il ne le savait même pas.

Il connaissait plus ou moins certaines personnes que la Machine sélectionnait et était parfois ravi de voir qu'ils allaient en baver mais pour le cas de Jonas Mazamer, c'était un peu différent. Le monde est petit, encore plus dans les livres. Ils se connaissaient bien, ils avaient quelques années d'écart mais ils étaient tous deux allés dans le même lycée, ils avaient aussi joué plusieurs fois ensemble au tennis. Il aurait bien aimé appuyer sa candidature pour un poste de sous-directeur ou quelque chose dans ce genre. Le souci était qu'il n'en avait plus le droit.

Fichue nouvelle réglementation. Il regardait donc ce nom avec un certain dépit, voyant qu'il serait ici-même demain dans ce bureau afin d'exécuter des tâches qui n'avaient rien à voir avec ses capacités.

Après tout, c'était le lot de chacun, il pensa en agitant ses lèvres de gauche à droite puis de droite à gauche. Il se resservit un peu de thé, histoire de tenir le coup jusqu'à ce que sa pendule 3D indique midi.

    En cette matinée de mi-octobre, la pluie tombait comme jamais cette année. Cela faisait bientôt deux jours qu'il pleuvait sans discontinuer. Les flaques d'eau étaient légion et les trottoirs ressemblaient à des mini pédiluves. Leslie Toubessein avançait avec précaution, parapluie déployé. Ses longs cheveux bruns avaient tendance à friser quand ils étaient mouillés et elle ne pouvait pas supporter sa tête après. Elle essayait tant bien que mal de se dépêcher, tout en sachant qu'elle aurait quand même une dizaine de minutes de retard à l'assemblée, alors qu'elle habitait à 500 mètres seulement. Ça la foutrait mal, c'était sûr. Surtout qu'elle voulait à tout prix faire sa proposition de loi aujourd'hui.

Elle avait toujours été très rêveuse. Par exemple, elle ne comprenait pas du tout que des gens puissent être pauvres, surtout des gens qui travaillaient. Pour elle, il aurait fallu un équilibre des salaires, de tous les salaires, sans exception. Il fallait que le taux de salaire horaire soit identique que l'on soit médecin ou ouvrier. Elle entendait déjà s'indigner à peu près toutes les personnes dans la salle : « Elle a perdu la raison », « C'est du grand n'importe quoi » ou encore des questionnements qu'elle ne saurait pas encore contrer, par exemple « Mais Mme Toubessein, comment donner envie aux jeunes d'avoir un statut social élevé ? ».

Certes, son plan était bancal sur le papier et elle avait peut-être faux sur toute la ligne, mais elle aurait toutefois le mérite d'essayer.

Alors qu'elle apercevait l'escalier menant au sacro-saint bâtiment, son mini-portable personnel bourdonna. C'était Axel. C'était déjà écrit quelque part, le monde est petit, encore plus dans les bouquins… Ils avaient eu une courte liaison il y a sept ans alors qu'ils étaient étudiants en journalisme. Depuis, ils étaient restés bons amis et s'appelaient régulièrement.
« Lili, ma jolie, dit la voix d'homme, tu vas bien ?
– Plutôt bien et toi ? elle répondit. Ecoute, je n'ai pas trop le temps de parler, j'arrive au boulot.
– Ok, je te dérange pas trop longtemps. Juste, je voulais encore te causer de ce tacphone et de tous les problèmes que ça engendre. Encore aujourd'hui, j'ai revu un vieil ami, il est venu travailler dans nos bureaux mais ce n'était pas un travail pour lui.
– M'en parle pas, je sais bien, ma sœur a le même souci, elle vend des meubles alors qu'elle a au moins deux diplômes en design de ville. Ce truc est naze, même si c'est un peu grâce à lui que je suis là où je suis en ce moment. J'ai l'impression qu'à tout moment n'importe qui pourrait se retrouver à ma place et moi à la place de n'importe qui…
Bon écoute, je vais te laisser, je te rappelle un coup ce soir peut-être. Bisou.
– Tu peux pas essayer d'en parler pendant une de tes assemblées ? »

Elle avait déjà raccroché, elle grimpait les marches qui la séparaient de son lieu de travail.

Axel regarda par la fenêtre de l'immeuble. Il voyait au bout de l'avenue principale s'agiter des banderoles, des gens habillés en vert faire des signes en levant les bras. Un portrait gigantesque du Président Hétro était brandi dans les airs portant également cette inscription en légende : « Hétro, la chienlit du pays ». Il ouvrit la fenêtre et en tendant l'oreille, l'écho des slogans lui parvenait : « Hetro, tes lois on n'en veut pas ! A bas la Machine ! » ou « Hétro, t'es foutu, on est tous dans la rue ! »
Il était d'accord sur le principe avec ces gens, le président démocrate Hétro en faisait parfois des tonnes devant la caméra, il avait le don d'agacer les téléspectateurs. Et pourtant il ne faisait que ce qu'il pouvait, il n'était pas omnipotent. C'était d'ailleurs le tacphone qui lui avait proposer de se présenter aux élections et puis il les avait gagnées. Preuve que cette technologie n'était peut-être pas si bidon.
Bien-sûr, en accord avec les gouvernements voisins, les taxes allaient encore augmenter. Alimentation, carburant, électricité, etc.
Mais Axel n'avait aucune envie de se mobiliser. Il n'avait pas l'âme d'un manifestant, et ce n'était pas à son âge qu'il allait commencer, et pas avec la place qu'il occupait à présent. Il connaissait le topo, il avait assez d'expérience. Dans un an ou deux, les prix diminueraient et les gens se calmeraient. C'est du moins ce qu'il se figura en reverrouillant sa fenêtre.

Il avait d'autres chats à fouetter.
C'était bientôt l'heure de quitter le service et de la sortie des classes, il allait devoir chercher Victoria à l'école puisque Karin, sa femme, était retenue dans les embouteillages. Elle lui avait téléphoné, elle en avait selon elle pour une bonne heure.
Hier soir, durant le repas, elle s'était animée: « Au moins les Casquettes Vertes, eux, ils se bougent pour leur pays, ils me donnent presque envie de rejoindre leur mouvement ». Il avait même senti du reproche dans son regard quand elle avait prononcé ces mots, il espérait toutefois qu'elle n'avait pas allié les actes à ses paroles et qu'elle ne se trouvait pas au beau milieu de cette cohorte. Elle aussi en avait ras-le-bol de cette Machine.

On ne pouvait pas affirmer que la Machine, qui envoyait les instructions aux tacphones, n'était pas au point. On pouvait même penser le contraire : elle analysait des milliers de paramètres et choisissait un métier en rapport avec les capacités d'une personne et ce qui semblait lui convenir. Mais il y avait quelques phénomènes étranges.

Exemple, si vous indiquiez avoir regardé un documentaire sur les animaux il y a deux jours, elle pouvait très bien vous porter candidat pour travailler dans une animalerie ou dans un zoo. D'un côté, il y avait certains avantages, de l'autre forcément des inconvénients et donc toujours des mécontents.

Il est vrai qu'il y avait aussi un problème majeur. Si vous aviez fait des études dans un domaine ou si

vous aviez déjà de l'expérience dans un métier, la Machine ne prenait pas cela en compte comme étant des facteurs principaux, de même que l'envie ou la motivation d'exercer. Ainsi, la notion de vocation avait tout bonnement disparu ! Ça ne s'appliquait pas encore à tous les métiers mais quand même, on voyait de plus en plus des chirurgiens se tourner vers d'autres professions, dans l'horlogerie de précision ou la boucherie principalement.
Ou même des sportifs de haut niveau changer de carrière. Sous recommandation de son tacphone, le Ballon d'Or 2024, Aimé Paleblé, par exemple, s'était reconverti en passant du foot au tennis.

Leslie était sortie contrariée de son assemblée. D'une part car elle avait pu constater qu'il pleuvait toujours sans modération, et d'autre part car elle n'avait pas pu en placer une pendant la réunion.
Tomas Mezoleth, le haut leader du P.A.T. , avait monopolisé la parole et l'attention, créant un tohu-bohu monumental. Une dizaine de personnes étaient parties dès les premières minutes, d'autres avaient applaudi l'énergumène avec une énergie incroyable, d'autres encore s'indignaient bruyamment : « Mais vous allez nuire à l'équilibre de la Société ! Vous n'êtes qu'un sombre individu ! »

Même si l'opinion publique était mitigée, le Parti Anti-Travail avait depuis quelques mois progressé dans les sondages. Le but de Mezoleth était de convaincre les gens qu'ils étaient manipulés depuis leur tendre enfance. Que cela commençait dès l'école maternelle avec les questions du genre : « Et toi, tu veux faire quoi comme métier quand tu seras grand ? » et les remarques telles que : « Dépêche-toi d'y réfléchir car le temps passe vite ».

Mezoleth n'exposait que des arguments sommaires et provocateurs, comme : « Les métiers ne sont qu'une pure invention de l'Homme pour harmoniser la société et pour faire face à l'évolution de cette dernière. Or, nous sommes assez évolués pour ne plus travailler ! »

Ou une autre de ses phrases-chocs : « Vous savez que de nouveaux métiers se créent chaque mois dans le monde, comme si finalement créateur de métier était en soi un métier ! Il faut ainsi lutter contre la notion même de métier, cette hérésie, ce non-sens ! »

Des programmes diffusés en boucle sur une chaîne télévisée publique tout à fait sérieuse, la 242 ou 243 il me semble, s'étaient mis à relayer les paroles de Mezoleth. Ils invitaient sur leur plateau des économistes, des psychanalystes, des essayistes, tous réputés, qui débattaient durant des heures.

Certains défendaient le travail bec et ongles, certifiant qu'il était essentiel d'avoir une activité, autant pour le bien personnel que pour le bien commun, et puis pour pouvoir se définir en tant qu'individu. D'autres soutenaient la thèse de Mezoleth et affirmaient de surcroît que le travail n'était qu'un instrument de domination sur les autres hommes. D'autres encore étaient présents peut-être seulement pour passer à la télévision.

Quant à la Machine, on n'en parlait pas beaucoup, on éludait souvent la question.

Beaucoup de gens avaient donc fini par adhérer au discours du P.A.T. , ça les arrangeait, surtout que les robots bien dressés, ou les automates, pouvaient faire quasiment tout aussi bien qu'eux, voire mieux.

Auparavant, en 2020, dire que l'on exerçait tel ou tel métier par vocation ou par plaisir, c'était un truc pour passer dans le journal du coin ou pour augmenter sa cote sur les réseaux. D'ailleurs c'était pratiquement tout le temps pour les gens beaux, avec visage gracieux, dents blanches et puis autres attributs favorables. Cela faisait jalouser les uns ou rêver les autres.

Dans tous les cas, avec la Machine, le travail, sans avoir perdu de sa valeur au niveau financier, devenait de plus en plus vecteur de sociabilisation. Certains parlaient même de divertissement, enfin ceux qui, par bonheur, tombaient sur l'offre sympa, "la bonne occase".

Pour ceux qui galéraient, comme Jonas, ça ne faisait pas forcément de différence avec le temps d'avant, c'était même pire. Justement, revenons vers ce protagoniste. Il faisait froid, l'hiver était en avance en ce début novembre. Les techniciens de la Machine, ceux qui l'avaient conçue et paramétrée, avaient tous été envoyés vers de nouvelles fonctions plus avantageuses. Évidemment, c'était des offres émises par leur Invention, évidemment, ils avaient accepté de partir, et évidemment la Machine avait besoin de temps à autre de mises à jour ou de réparations. Choses qu'elle aurait sans doute pu faire toute seule si on l'avait programmée pour. Mais, c'était une sorte de sécurité. La Machine avait besoin d'être régulièrement "soignée" par des êtres humains. C'est ainsi que Jonas reçut cette offre de technicien de maintenance. Journée de 7 heures, payée le triple du salaire minimum. Trajet en train et hébergement offerts. « Excellent ! » il avait pensé.

C'était un bâtiment en plein cœur de Paris, sombre et austère. Personne n'aurait pu croire une seule seconde qu'ici, dans un sous-sol miteux, se trouvait cette damnée Machine. Il faut s'imaginer une salle de 300 m², des points lumineux et scintillants, des clignotements, une lumière douce et tamisée qui n'éblouissait pas. Il y avait au moins un millier de consoles et pas moins d'écrans. Sur ces derniers, s'affichaient des formules mathématiques complexes, du code informatique, des noms et des numéros. De temps en temps, une photo faisait subrepticement irruption, un quart de seconde, sans raison apparente.

Les bureaux étaient quasi-déserts, mis à part le personnel fraîchement recruté, c'est à dire quatre techniciens, trois hommes et une femme, qui ne se connaissaient pas et qui ne connaissaient rien à l'informatique, et quand bien-même, ils n'auraient sûrement pas vraiment compris ce qu'ils faisaient là.
Ils n'avaient pas à s'inquiéter car tout était prévu. Des chaises les attendaient avec chacune une lettre (A, B, C et D) désignant la personne qui devait s'y trouver.

C'étaient des chaises confortables peu onéreuses que l'on trouve dans de nombreux commerces. Elles avaient plusieurs fonctions : massage, relaxation avec diffuseur de musique, sommeil, etc. Toutes avaient un clavier et étaient directement reliées à la Machine. Leurs hauts-parleurs intégrés pouvaient, si l'on ne coupait pas le son, laisser entendre dans le dos de la personne assise, la voix de la Machine. Voix robotique de femme comme on en trouve dans les GPS ou les sites de traduction du net. Elle leur ferait alors office de guide. Dans l'optique de répondre à toute situation imprévue, la notice apparaissait également écrite sur des écrans de bord, intégrés aux accoudoirs des fauteuils.

Les quatre techniciens d'un jour commençaient à se croire dans un cockpit et se demandaient s'ils n'allaient pas faire décoller le bâtiment tout entier.
« Eh, je vous préviens, c'est moi qui pilote ! », s'esclaffa Arnaud Balzere, ancien chauffeur de bus, aujourd'hui technicien B. Ils plaisantaient là-dessus quand la voix métalliquement féminine qui sortait de leurs sièges ordonna de débuter les manœuvres :
« Technicien A va actionner levier 18 tandis que technicien B tape sur clavier commande inscrite sur écran de contrôle ; technicien C branche micro-clé qui se trouve sous chaise dans console centrale ; technicien D ouvre panel de configuration avec joystick. Instructions suivantes seront données quand processus 1 terminé. » Un schéma en relief se dessina au même moment sur l'écran central.

« Ok, dit Jo Cordate qui était le technicien D, ça a pas l'air simple et en même temps pas l'air compliqué non plus, ça va pour vous les gars ?
– Pas de soucis ! » répondirent les autres à l'unisson.
Ils débutaient la maintenance quand une question vint à l'esprit du technicien A. C'était un homme d'une soixantaine d'années portant sur son visage quelques stigmates d'une vie déjà bien remplie : cheveux blancs et rides saillantes. Il avait pourtant gardé ses yeux rieurs d'enfant. « Eh, vous pensez pas qu'on pourrait trafiquer la machine, histoire qu'elle nous refile des postes sympas dans le futur ? »
La voix robotique retentit alors dans les sièges :
« Non, impossible de trafiquer machine, monsieur Chomsey !
– Eh ben, manque plus que l'accent russe et on se croirait dans un film d'espionnage » rigola Arnaud Balzere.
La personne sur la gauche de Jo s'appelait Nina Gralsi, la technicienne C. C'était une jeune femme blonde, assez petite, elle affichait un sourire rusé depuis qu'elle était entrée dans le local. Avec son stylo, elle griffonna quelques mots sur une feuille de papier qu'elle fit passer aux autres. Etrange procédé, car plus personne ou presque ne se servait de papier et de stylo. Il y avait écrit : « ça peut nous entendre, si ça se trouve ça peut même nous voir… ».
Les trois autres firent oui de la tête. Elle réécrivit au dos de la feuille, en capitales : « Le système de Travail ne fonctionne pas, il faut détruire cet engin de malheur… Mais sans bruit, ce truc a sûrement un

moyen de se défendre. Vous êtes avec moi ? ». Ils se regardèrent tous, en hochant la tête, l'air de dire
« Oui, allons-y, bonne idée ».
Seulement, les micro-caméras équipées de la Machine détectèrent le message. La Machine le décrypta et passa en mode alerte, les lumières douces se mirent à clignoter violemment en rouge, et les sièges à vibrer de façon chaotique. Les techniciens se dégagèrent rapidement alors que la voix furieuse et stridente hurlait : « Mission terminée. Merci de sortir immédiatement et de regagner votre domicile ». Elle répétait cela en boucle, de plus en plus fort. On aurait cru à un organisme vivant qui luttait pour sa vie.

Chomsey fut le premier à frapper, un fort coup de pied dans le dos de sa chaise fit s'éteindre les LED et grésiller la voix. Les autres firent de même. Avec des outils que d'autres techniciens avaient dû laisser traîner ici, ils commencèrent à taper sur les consoles, les écrans, ils débranchèrent les câbles qui se trouvaient sous leur main en gueulant « Saleté de machine » ou encore « Crève saloperie », ils étaient comme possédés.

Cependant, une sorte de gaz descendait des bouches d'aération depuis plusieurs secondes déjà. Nina ne s'était pas trompée : la Machine s'était mise en position d'auto-défense. Le métal absorbait les coups et les écrans étaient à peine fêlés. Débrancher les câbles semblait n'avoir servi strictement à rien.

Il y avait une trappe au pied de l'écran central. Ça pouvait être un piège, ça pouvait être une sortie

de secours, n'importe quoi, il fallait qu'il tente le coup. Jonas engouffra sa tête dedans et, dans un premier temps, ce qu'il vit le déçut : c'était juste un amas de fils électriques. Mais alors il émit cette idée : « C'est peut-être là le cœur de la bête, vite, il faut tenter un truc, passez-moi les bouteilles d'eau ! » Il y avait en effet plusieurs bouteilles réfrigérées mises à leur disposition. Il vida la flotte dans la trappe.
Les écrans se peignirent de noir, la voix se tut. La Machine était hors circuit.
Leurs yeux et leurs gorges piquaient, le gaz avait cessé de se disperser mais il semblait stagner et se trouver présent dans le moindre centimètre carré de cette pièce. Ils avaient du mal à se mouvoir mais tentaient néanmoins de regagner l'extérieur. A bout de force, ils arrivèrent à la porte censée les mener vers les escaliers de sortie. Un détail qu'ils avaient oublié les dépita. La porte était électronique, c'était la Machine qui contrôlait son ouverture. Ils étaient coincés là-dedans.

      Le téléphone vibra. Axel répondit, heureux d'entendre Leslie au bout du fil.
« Hey, Lili, ça va ?
– Ben, écoute, pas trop mal. Plutôt contente d'être débarrassée de ces tacphones. C'était une vraie plaie ces trucs-là, non ?
– Ouais, comme tu dis. Même si j'ai perdu mon poste à cause de ça, je me rendais bien compte que c'était pas le top. Ils se sont tous éteints en même temps... Tu sais ce qu'il s'est passé au fait ?

– Haha, perdu mon poste aussi mais j'ai retrouvé un truc, je commence dans trois semaines. Rédactrice dans un webmag. Non pour l'instant personne ne sait et on ne saura jamais le fin mot je pense. J'ai entendu dire que les logiciels et tous les serveurs ont été détruits, mais ce ne sont peut-être que des rumeurs. Qui sait où se trouve cette Machine d'ailleurs ? Ça fait déjà dix jours et la presse n'en parle pas, elle ne fait que ses titres sur le juste retour des choses. Dis, tu sais qu'ils recherchent encore un journaliste dans notre équipe, ça te tenterait ? »

    Les quatre pseudo-techniciens avaient d'abord tenté tant bien que mal de taper sur la porte pour la défoncer mais leurs coups étaient fébriles et n'avaient eu aucun impact. Le gaz avait eu finalement raison d'eux très rapidement, ils n'avaient pas souffert, ou du moins, il fallait l'espérer.
Leurs corps avaient été retrouvés gisant là, sous un éclairage blafard, un peu moins de deux semaines après leur "exploit". Des informaticiens réussirent à récupérer des données, mais un vote eut lieu et l'idée de remettre la Machine en fonctionnement fut vite abandonnée par les autorités. On put voir les images de la "mort" de la Machine, elles passèrent quelques jours en boucle sur les chaînes d'info.
La morceau de papier sur lequel avait griffonné la jeune femme fut conservé sous verre, dans un musée.

L'ART RAMPE SOUS LES REMPARTS

« Regarde-moi les ces deux-là, je vais me les faire » annonça l'officier Had Belerte à sa collègue Cindy Soforte.
Il gara la voiture, en descendit avec promptitude, et braqua sa lampe torche sur les deux individus.
– Eh bien, jeunes gens ! Je vous y prends. Qu'est-ce que c'est que ces traces sur ce bout de papier ? Dessin, écriture ? Un flagrant délit de poésie, on dirait ! Donnez-moi cette feuille, et ce stylo. On s'amuse à écrire des âneries ? Savez pas que c'est interdit depuis l'amendement du 15 février 2032 ? Ne me dites pas que vous n'avez pas une tablette ou une console pour jouer avec !
(Puis, à part pour l'agent Soforte :) Je les emmènerais bien au poste pour un interrogatoire plus poussé, seulement, on va encore perdre du temps. On va juste vérifier leurs identités et contrôler que tout est *ok*.

C'étaient des gamins du quartier, des gamins de seize ans. Belerte allait les laisser filer :

– Bien les gars, ça ira pour cette fois, annonça aimablement l'officier. Vous pouvez disposer, mais que je vous y reprenne pas ! La prochaine fois vous serez gardés à vue, et on appellera vos parents pour voir ce qu'ils diront de tout ça. Et inutile de réclamer votre matériel, on conserve ça avec nous.

Comme les deux jeunes s'éloignaient en maugréant, l'officier lissa la feuille de papier avec la paume de sa main. Il parcourut ensuite des yeux les quelques mots rédigés à la va-vite : « Des iris en ciel bleu / Je suis sur ton nuage / Je t'aime mais il pleut / Je tournerai la page. »
– Un poème sentimental, très certainement, notifia-t-il à Soforte qui voulait lire elle aussi.
Bof, il avait toujours détesté ces sornettes.
Il rêvassa. *Moi, quand j'étais gosse, en classe de savoirs basiques, on récitait des poèmes de Prévert. J'en aimais bien quelques uns, mais quand même, on avait six ans ! Ces jeunes seront bientôt majeurs et on dirait qu'ils n'ont que ça dans le crâne. C'est désormais interdit les feuilles de papier et les stylos, c'est malsain et ce n'est pas écolo. Je te jure que si c'était moi, j'interdirais aussi carrément les œuvres anciennes ! Ce n'est bon qu'à créer des ennuis. D'ailleurs, qui sait, une loi là-dessus sera peut-être votée prochainement.*
La collègue opina du chef tout en lisant le poème. Avec un tout petit « oh » et des yeux écarquillés, elle eut l'air de convenir qu'il y avait une certaine beauté dans ces mots, ou bien qu'elle n'aurait pas fait

mieux. Elle conjectura : c'étaient des alexandrins. En tout cas, comme c'était illégal, elle froissa la feuille et la mit en boule dans sa veste. Puis, ils remontèrent tous deux dans le véhicule.

La voix de leur commandant retentissait déjà dans la radio. « Un code L ? J'envoie tout de suite mes deux meilleurs agents. Belerte, Soforte, allez de suite au 15 rue de l'Ordre, un type est sur le point d'implanter une cabane à livres devant sa résidence ! »
Belerte songea que son supérieur était sûrement devenu chef exprès pour pouvoir dire « mes agents », comme pour se les approprier... Sa réflexion s'arrêta là, en tapant la destination sur les commandes de bord de leur voiture. *Rue de l'Ordre, rue de la Victoire, rue de l'Harmonie...* Toutes les rues portaient des noms abstraits désormais. Il était 20h11. En trombe, le véhicule démarra. Une nouvelle mission les attendait.

– Ah les salauds, s'énerva Paulo ! Ils nous privent de liberté. C'est abusé, on ne pourra bientôt même plus se balader tranquillement dans la rue !
Les deux jeunes gens, désemparés, s'éloignèrent en contenant leur rage.
Un passant qui avait assisté à l'interpellation s'approcha d'eux. Il avait les cheveux neige et goudron, la cinquantaine. Il leva la main droite en guise de signe amical.

– Hello les mecs ! J'ai vu ce qu'il vient de se passer, je n'en reviens pas. Ils vous ont confisqué votre matos.
– Oui, et c'était juste un peu de poésie.
– Ouais, j'ai entendu. Ah ! Ce n'était pas comme ça il y a trente ans, c'est moi qui vous le dis.
– Ah ? Et c'était comment alors ?

Le passant désigna un banc qui se trouvait à quelques mètres. Les deux jeunes s'assirent et l'homme resta debout pour raconter son histoire.

« De mon temps, enfin je déteste les gens qui disent ça, "de mon temps", mais disons quand j'étais jeune, comme vous, il y avait encore de vrais artistes. Des personnes jouaient de la musique, même dans la rue, d'autres peignaient des tableaux, ou écrivaient des bouquins. Moi-même je dessinais des portraits, des caricatures. Il y avait encore des musées que les gens fréquentaient assidûment, des salles de concert qui se remplissaient… Bref, toute une culture !
Puis, comme vous avez dû l'apprendre en cours d'Histoire Mondiale, l'art créatif a d'abord été réglementé sous toutes ses formes publiques.
Les pouvoirs en place avaient légiféré : il y avait suffisamment d'œuvres artistiques existantes. Il n'était pas la peine d'en ajouter. Surtout si c'était pour recopier un travail qui existait déjà. L'originalité de l'art, il est vrai, se faisait de plus en plus rare. Mais était-ce une raison suffisante pour que des petits

dictateurs posent des interdits sur nos pratiques artistiques ?

Il n'était plus question de laisser n'importe qui jouer, dessiner, écrire, jouer la comédie.

Seul subsistait un art d'État. Dans certaines rares circonstances, musiciens, peintres, sculpteurs, poètes, pouvaient être appelés à créer à des fins d'hommage à la Nation.

Une à une, les bibliothèques ont fermé, les uns après les autres, les magasins de musique ont mis la clef sous la porte, les cinémas ont vu leurs salles se vider. L'art n'intéressait plus les masses. Et puis, même les machines sont aujourd'hui capables d'être d'aussi bons artistes que les êtres humains…

Plus personne n'avait envie de se risquer à créer, pour quoi faire ? Se faire ridiculiser, se prendre des amendes, se faire traiter d'artiste du dimanche…

Et alors, les gens ont même fini par déserter les lieux culturels.

La seule musique que l'on écoute aujourd'hui, c'est celle des hymnes nationaux, ou de la pluie qui tombe, ou du vent qui s'essouffle. L'art c'est la buée qui s'abat sur la vitre d'une fenêtre et qui forme des dessins grâce aux écarts de température. Ou le ciel, oui même le ciel est plus artistique que la plupart de nos concitoyens, il n'y a qu'à admirer les nuages et les couchers de soleil !

Mais vous, les jeunes, vous avez des idées à revendre, j'en suis sûr. Un jour, toi, ou bien toi, (il avait posé son regard sur l'un puis sur l'autre), vous serez peut-être les grands artistes de demain. »

Son discours avait continué et duré plus d'une heure. L'agent Belerte et sa collègue Soforte avait effectué leur patrouille sans trop d'anicroche. Le type devant sa résidence, c'était une fausse alerte : il installait juste un perchoir à oiseaux. « Au moins, ça c'est écologique » l'avait félicité Belerte.
Ils réalisaient donc le même trajet en sens inverse pour regagner le commissariat. Ils distinguèrent les trois silhouettes près du banc. « Encore ce vieil idiot exalté, pesta Belerte. Tu peux être sûr qu'il est en train de mettre des idées saugrenues dans la tête de ces mômes. » Ils avaient déjà eu maille à partir avec lui. C'était un homme qui prétendait avoir été un artiste de talent mais Belerte n'en croyait pas un mot. Pour lui, les artistes, c'était du passé ! Ils étaient foutus tous ces désaxés, ces désœuvrés, ils n'avaient plus qu'à se reconvertir !

Cindy Soforte, quant à elle, adressa un signe de tête à cet homme qui regardait dans leur direction, elle leva même discrètement son index et son majeur, collés l'un à l'autre, à titre de salut. Elle lui avait déjà causé et il était intéressant. Elle tâta le stylo qu'ils avaient confisqué aux jeunes, elle l'avait gardé. Ce soir, si l'inspiration lui venait, elle gribouillerait peut-être un poème à l'homme ou à la femme qu'elle aimait.

LE PETIT ADMINISTRATEUR

Juché sur sa chaise, Yann Lastor regarda sa collègue examinatrice puis sa montre. Il tenta ensuite de concentrer une nouvelle fois son attention sur ce drôle de candidat qui se présentait devant eux. Il pensa à son chien, Xouma, un labrador de cinq ans à robe beige. Il se demanda s'il lui avait bien donné ses croquettes ce matin. Comme il songeait à cela, il crayonna sur sa grille d'évaluation : « maître-chien ». Oui, il eut une vision. Ce candidat aurait mieux fait de postuler à un emploi de ce genre et faire des rondes de nuit. Ou alors toiletteur ! D'ailleurs, son chien aurait bien eu besoin de se faire shampouiner. Yann Lastor sourit.

Bastien B. perçut cette expression corporelle comme un signe d'encouragement. Il lui semblait réussir cette épreuve assez facilement. Tout cet entretien se passait mieux que prévu. Il cita une loi datant du 19 juillet 2033, la grande Loi pour la

Refonte de l'Administration : « Cette loi prévoit que toute administration démocrate est soumise au principe d'adaptation active, de plus, elle est régie par le code de la ... » Il était assez fier de s'être souvenu d'une phrase aussi longue.

Lydie Lemarchaise, inspectrice en administration depuis plusieurs années, ne vit pas d'un très bon œil cette citation. Elle nota sur sa feuille, en lettres capitales : « Homme trop procédurier, moins deux points ». Puis, un léger rictus se dessina sur son visage émacié.

Bastien sortit de la salle très satisfait de sa personne et de sa prestation. Les examinateurs lui avaient adressé de nombreux sourires. Certes, il n'avait pas vraiment su répondre à une question scientifique. Et également à une autre piégeuse qu'il avait cependant pu brillamment éluder. Pourtant, il espérait cette fois une issue favorable. Cela faisait tout de même sept années de suite qu'il passait ces oraux en vue de décrocher un poste de Grand Administrateur d'ordre 1 et jamais il n'avait aussi bien réussi à parler. En descendant les marches de l'escalier qui le transportaient vers le parking, il sifflota un air de jazz en s'imaginant presque finir dans la première partie du listing des admis.

Lors de la délibération, les deux examinateurs se concertèrent mais la cause était entendue. Lydie Lemarchaise exposa que ce type-là ne tiendrait pas

six mois en tant que Grand Administrateur, même d'ordre 2, avant de faire une dépression nerveuse. Son nom était farfelu, et sa tête ne passerait pas avec les usagers du service. Il avait eu beau dire certaines choses plaisantes, il n'entrait pas du tout dans le moule.
De plus, le candidat avait bafouillé durant la première minute de son exposé. S'il avait prétendu à un emploi de professeur-formateur, cela aurait été encore pire selon elle : « Imagine-le devant des élèves, il se ferait manger, et ce serait une minute de cours qui serait perdue. Ce sera pareil en tant que Grand Administrateur, une minute de travail en moins !
– Oui. Il a l'air d'être quelqu'un de mal à l'aise, mal dans sa peau. Or, nous recherchons quelqu'un de sûr de lui, qui se tienne droit, qui regarde les gens dans les yeux ! Et il n'a même pas su répondre à ma question sur les prérogatives de la Grande Administration après les années 1968 » acquiesça Yann Lastor. Il décida donc de baisser sa note de cinq points tout en spéculant sur l'appétit de son chien.
A eux deux, ils attribuèrent à Bastien B. un piètre 13 sur 60, une note quasiment éliminatoire.

Une semaine plus tard, un message apparut sur le bracelet connecté de Bastien B. pour lui indiquer que ses résultats étaient disponibles. Des sentiments indéfinissables se mêlèrent dans son esprit. Sûr de lui mais en même temps anxieux, il s'identifia pour consulter ses notes. Il lut : « Connaissance du Grand

Système Administratif : 9/60 », « Présentation du Dossier Environnemental et Sociétal : 13/60 ». Et le reste était du même acabit.
Déçu et outré par ces chiffres qui manquaient d'explications, il lança contre le mur son scrinephone qui ne se brisa même pas. Ces machines étaient conçues avec des matériaux souples mais très solides, réputés même incassables.

Encore une année de perdue, pensa-t-il, triste comme un flocon de neige au cœur de l'été. Toutes ces soirées gâchées à apprendre par cœur ces lois barbantes, ou ces notions sur l'Administration des Personnes en Situation de Handicap, par exemple… Cela ne lui avait servi à rien. Ces notes le classaient parmi les derniers candidats. Il ne pourrait même pas prétendre à un emploi d'ordre 3. Il s'imaginait déjà finir employé d'ordre 5, voire 6. Des tâches ingrates toute la journée, comme par exemple inventorier des bouts de métal ou de tissu, et qui ne refléteraient pas ses capacités. Ce n'était pas possible ! Il devait y avoir une erreur. Les membres du jury avaient dû se tromper. Il avait pourtant fini à une bonne place dans sa promotion mais à l'examen final il échouait toujours lamentablement. Il avait téléphoné à son université pour demander des renseignements sur cette notation infecte, il n'avait eu, selon la personne à l'autre bout du fil, que ce qu'il méritait. Du moins, c'est ce qu'il préféra comprendre.

Après plusieurs mois à avoir nagé dans le doute, il lui avait finalement été proposé cet emploi de petit administrateur d'ordre 4 dans un ministère.
Bastien B. avait accepté et, avec les années qui passaient, il avait abandonné l'espoir de devenir un jour Grand Administrateur. Il avait désormais dans l'idée de publier une auto-biographie qui relaterait les particularités de sa vie minable.

Bastien partageait son office avec sa collègue Naty, une jeune stagiaire, mais cette dernière était malade en ce moment. Ainsi, il se sentait moins coupable lorsqu'il écrivait dans son journal intime. Car la première chose qu'il faisait (après bien-sûr avoir salué ses collègues) était de se terrer dans son bureau pour écrire sur ses vicissitudes.

Habituellement, il attendait que quelqu'un ait besoin de ses services pour stopper son activité. Cette matinée-là, il ne dérogea pas à sa règle, il extirpa du tiroir son cahier Moleskine dont de nombreuses feuilles étaient noircies. Une personne lambda aurait été choquée devant un tel embrouillamini. En effet, toutes les deux lignes il y avait des phrases décousues, en partie raturées, des flèches qui partaient du haut et repartaient en bas de page, des cercles qui entouraient des paragraphes entiers. C'était un désordre sans nom mais quelques passages faisaient sens pour son auteur, alors il s'escrimait à trouver un fil conducteur. En dessinant des moues absurdes avec ses lèvres, il relut quelques uns de ses textes.

« Je ne suis qu'un petit administrateur d'ordre 4. Je m'occupe de dossiers peu importants concernant par exemple des problèmes de finances pour les écoles ou les hôpitaux, sauf que je n'ai pas mon mot à dire dans l'histoire. Je vérifie juste des chiffres.
Dans le bureau qui se trouve à côté du mien, il y a un Grand Administrateur. Parfois, il vient me demander de traiter quelques uns de ses dossiers, ou pire, de lui faire urgemment des photocopies car il n'a "pas le temps". C'est assez humiliant à la fin.
Il est plus jeune que moi. Mais lui a réussi le concours d'entrée alors que j'ai été recalé pas moins de sept fois. Il faut dire que je n'ai jamais aimé ces examens. Certes, ce n'est pas une très bonne excuse. Je n'avais qu'à réussir comme lui plutôt que de me plaindre.

Je crois bien surtout qu'il y a un problème avec ma personne. Par exemple, cela nous arrive d'aller prendre un café à la machine, certains jours lorsque nous pouvons nous permettre une pause. Eh bien, c'est là que je vois que quelque chose cloche avec mon être. Admettons que je raconte une bonne blague, les gens, et les femmes plus particulièrement, elles ne rient pas, ou alors elles sourient poliment. En revanche, si le Grand Administrateur conte la même blague que moi, et ce, même à quelques jours d'intervalles, alors elles éclatent de rire en disant des : "Oh vous alors !".
Est-ce parce que je ne mets pas le ton qu'il faut ? est-ce parce que lui a une position sociale plus élevée ?

Je serais plutôt tenté de répondre oui à la

première question : je n'ai aucun don pour les histoires drôles.

Je le confesse, je me rends compte que j'ai un problème avec les femmes. J'ai trente-sept ans et j'ai toujours vécu dans un célibat qui ne me rend pas vraiment heureux. Mais que puis-je y faire ? Les femmes ne m'aiment pas beaucoup. J'ai eu deux petites-amies lorsque j'étais jeune adulte. Deux relations de courte durée. Cela n'a jamais été de l'amour, je le sais maintenant car j'ai lu beaucoup de livres. J'en soupçonne d'ailleurs au moins une d'être restée quelques semaines avec moi car elle avait dû perdre un pari.
Non, je n'ai jamais été le genre d'homme à qui les femmes envoient des mots doux tard dans la nuit. Et quand bien même une l'aurait fait, j'aurais trouvé cela interlope.

Parfois je me fais un Headtook, enfin je me connecte, quoi. Je consulte ma page pour voir si mon avatar est enfin devenu populaire. Et je me dis : cette fois, c'est la bonne, je vais recevoir des notifications, et des gens que je ne connais pas vraiment vont me donner leur bénédiction virtuelle à base de "j'aime" et autres émojis, et j'aurai au moins ce plaisir d'être quelqu'un virtuellement. Mais à chaque coup, c'est le néant. Alors je poste une photo de moi, avec un filtre, et j'espère que la prochaine fois que je m'identifierai j'aurai une centaine de pouces en l'air, qui me feront me sentir beau et important. Ce ne sont là que de vaines tentatives ! C'est à peine si trois ou quatre

connaissances manifestent leur présence. Je n'ai sûrement pas la bonne technique pour plaire à la masse.
Et aux femmes… J'y reviens. Oui, un cœur virtuel sur une de mes photos aurait sans doute fait l'affaire. Ah, il ne faut pas non plus trop s'illusionner. Beaucoup possèdent des cœurs sur leurs photos et ils ne sont pas bienheureux non plus.
Mon cousin, lui, ce chanceux, a fait l'acquisition de milliers de like, et pourtant il m'a avoué un jour : « Qu'est-ce que cela peut bien me faire ? Ça ne m'apporte strictement rien ». Alors, je me dis que je suis un idiot d'attendre de ces plateformes une sorte de rédemption. Et donc je ne me connecte plus pendant des semaines. Finalement, je ferais mieux de m'attarder plus sur la réalité que sur la virtualité. Mais, je fais comme la plupart des gens que je connais, qui font sans doute eux-mêmes comme la plupart des gens qu'ils connaissent. Ce monde est devenu bien virtuel, comme vous le savez, surtout si vous êtes derrière un écran et que vous lisez mes écrits publiés en ligne. Le monde ne se manque plus, il se connecte.

Bref, il faut en convenir, je ne suis pas un homme très attirant pour la gent féminine.
Déjà, mon physique n'est pas très attrayant et ensuite peut-être aussi, il faut l'avouer à cause de mon comportement.
Sur une longue période, alors que j'avais déjà atteint un âge mûr, j'ai écrit à une femme cinquante lettres

et pas moins de SMS. Elle ne désirait rien savoir de moi, mais j'insistais comme un chat qui miaule car il a faim de nourriture ou de caresses (on ne sait jamais ce que veulent les chats).
Voilà, je voyais cette femme comme un ticket de jeu à gratter. Et à chaque fois sur son cœur, il y avait écrit "perdu, retentez votre chance", alors j'écrivais de nouveau, et je ré-écrivais, pour un même résultat inutile. Je ne la gagnerais jamais. C'est à moi-même que j'écrivais, oui.

Une autre fois, lorsque je passais mon diplôme de troisième grade à l'université, j'avais osé composer un poème à une femme dont je pensais être amoureux. C'était un genre d'ode en une seule strophe qui ne voulait rien dire, tout compte fait. Je l'avais construit dans une veine rimbaldienne, un brin mystique, cependant, en même temps, peut-être aussi pathétique... Il ne signifiait même pas que je l'aimais, c'est pour vous dire à quel point j'étais stupide. Néanmoins, il pouvait quand même laisser penser que j'éprouvais des sentiments pour elle.

Oh, je ne sais plus exactement les rimes mais cela devait faire un truc comme : "Tes yeux, arènes divines / Une allure féline…"

Non, ce n'était pas cela. Bien, cette jeune femme a eu la délicatesse de me dire que ce n'était pas trop mal tourné mais sans plus, puis elle a roulé la feuille en boule et l'a balancée par terre.

Et pour ceux qui croient que je ne faisais pas d'autres efforts avec les femmes… Car on me l'a déjà dit : "Tu t'y prends mal, tout simplement".

J'ai essayé de faire comme eux, d'avoir des conversations, ou même de danser avec certaines d'entre elles. A tous les coups, un gars surgissait et la femme partait avec celui-ci.
Alors d'autres gens m'exprimaient leurs grandes idées : "Mais c'est ta faute, tu es intéressé par des femmes qui ne s'intéressent pas à toi… "
Bien, j'imagine que toutes ces pseudo frustrations étaient autant de signes que la vie m'adressait pour me décourager de vouloir aimer.

Après ces déconvenues, j'arrêtai définitivement la poésie. Je m'essayai en vain à la peinture. Je voulais devenir le nouveau Van Gogh. Mais toute mon œuvre se résuma à un dessin de trois anémones dans un vase avec une perspective bâclée. Que d'infantilisme ! J'aurais mieux fait de me concentrer plus sur ces saletés d'examens. J'aurais une meilleure condition à présent !

J'ai aussi développé, comme bon nombre de mes congénères, une addiction raisonnable pour les jeux d'argent en tout genre. Lorsque je perds c'est truqué, évidemment. Les gens qui sont derrière tout ça ne veulent simplement pas que je m'enrichisse. Ils truquent tout : les matchs de foot, de tennis, toutes les compétitions sportives en fait, les cartes à la *river*, la bille de la roulette électronique ou de celle en bois, les boules dans la machine, les courses de chevaux,

les jeux de grattage. Absolument tout. Et tout ça parce que j'ai placé une bonne mise, ou parce qu'un autre a joué la même chose que moi, et qu'alors il y aurait trop de gagnants…
Et lorsque je gagne (des petits gains principalement, qui me remboursent, ou bien, oui, à peine plus) alors c'est logique, c'est parce que j'ai bien joué. La chance n'a rien à voir là-dedans.

Oh, je me rends compte de la puérilité de ces propos. Car en tout état de cause, il y a fort à parier que le jeu n'est qu'un substitut à quelque chose d'autre de plus grand, et que cela m'empêche de m'élever spirituellement.

J'aimerais bien préciser deux ou trois choses relativement plutôt importantes concernant ma vie quotidienne.
Chaque matin, je me lève à 7h18 (j'aime les nombres finissant par huit), je déjeune, me débarbouille, puis pars travailler. Je me gare toujours à la même place, sauf si quelqu'un l'a déjà prise, ce qui n'est pas si grave en soi. Je gravis les huit marches du perron, je salue les trois agents de sécurité puis je dis bonjour à mes collègues. J'ouvre les volets, regarde par la fenêtre qui donne vue sur rien de très spécial. Je mets ensuite mon ordinateur sous tension, m'empare d'un dossier à traiter dans les plus brefs délais, je rentre des chiffres dans un logiciel, tape vivement des lettres qui forment des mots dans un mail, réponds diligemment à des appels.

En fin de journée, je vais parfois rendre visite à des parents ou à des amis.
Et je retourne me coucher et vous pouvez retourner au début du paragraphe pour relier une boucle.
Ce sont des journées exaltantes, à n'en point douter. Cela dit, je ne voudrais pas avoir l'air trop plaintif. Beaucoup n'ont pas ma chance, alors ce serait de la mauvaise foi. Néanmoins, si je ne l'étais pas un minimum, plaintif, je n'écrirais certainement pas une auto-biographie sur mes échecs, non ?

Ah, vous ai-je parlé de ma passion pour le bowling ? Je voulais en toucher deux mots. Cette activité mêle l'artistique et le sportif. Je ne dépasse que très occasionnellement le cap des 100 points pourtant je pourrais passer des heures à jouer.
Ou bien les fléchettes. Quelle habileté faut-il avoir pour viser le centre !
Tout cela comble parfois quelque peu mes grandes désillusions.

Bien, j'entends du bruit à côté. Ce doit être notre nouvelle collègue. Arrivée depuis trois jours. Elle est belle comme une rémission de grave maladie, mais ce ne sera encore pas pour moi qu'elle fera ses beaux yeux. De toute façon, on ne drague pas sur son lieu de travail, ce n'est pas recommandé par la charte. Notre Grande Responsable Hiérarchique nous a souvent mis en garde contre les abus possibles, il faut donc être vigilant et rester concentré sur son travail. »

Il ferma son carnet en se rendant compte qu'il négligeait certains faits. Et c'était trop anarchique, ça n'avait ni queue ni tête. Les tournures de phrases, les conjonctions, les synonymes, la syntaxe.
Il se demanda si ses lecteurs potentiels (qu'il estimait entre cinq personnes à cinq millions, soit une fourchette plutôt raisonnable) percevraient l'humour derrière sa littérature.

Il devrait tout remettre en ordre. L'ampleur de la tâche lui parût insupportable. Il entreprit donc de scanner un document ayant attrait à la comptabilité, il aurait déjà dû le numériser hier matin. Au même instant, une vibration attira son attention.
Son téléphone portable. Il avait reçu un texto d'une amie. Tressy Gehirnsberg l'invitait à passer chez elle pour prendre le café en début de soirée. Ok. Il accepta.

Le ciel s'était assombri, signe que le début de soirée était dans les parages. Il sonna à l'interphone et, entrant dans l'appartement, il remarqua qu'un autre homme était déjà là, un type qu'il ne connaissait pas. Il était presque déçu car il avait des vues sur Tressy et il avait espéré qu'elle l'invitât pour autre chose.

« Entre Bastien ! Ah, ça me fait plaisir de te voir, je voulais te présenter brièvement Théodore. Je l'ai rencontré il y a à peine deux semaines. Et j'avais aussi envie de te parler de ma nouvelle activité. »

Tressy était une femme fantasque d'environ un mètre soixante. Sans être d'une beauté extraordinaire, elle avait un charme et un charisma indéniable qui irradiaient la pièce dans laquelle elle se trouvait. Lorsqu'elle vous regardait dans les yeux, c'était comme si tout ce qu'il y avait autour de vous se volatilisait ; les autres personnes, les objets, les paysages, tous cessaient d'être là ou se muaient en une transparence cryptée, en un flou artistique, et alors vous étiez happé par ses deux globes noirs d'onyx fascinants.

Théodore partit sous la demande de Tressy qui souhaitait rester un peu seul avec Bastien. C'était étrange, comme si cet homme costaud obéissait à ce petit bout de femme au doigt et à l'œil. Le petit administrateur s'interrogea. Son hôte avait-elle une idée derrière la tête ?
Il n'en était rien. Alors que la porte venait à peine de se refermer, la femme fantaisiste expliqua à son invité en quoi consistait son nouveau travail.

Modélisatrice de songe. « Pour les personnes qui ne rêvent plus assez. Mais aussi pour ceux qui ont envie de rêver encore plus ! »
Depuis qu'elle avait démarré, les clients se pressaient nombreux. L'effet de nouveauté faisait qu'ils étaient au moins une bonne dizaine par jour à faire appel à ses services. Il faut dire qu'il n'y avait pas beaucoup de concurrence. Dans le pays, seulement une petite

vingtaine de personnes s'adonnaient, comme elle, à ce savoir-faire complexe.
Elle s'était elle-même auto-proclamée "pirate des encéphales", pourtant ce métier était très encadré.
On ne pouvait pas non plus inculquer n'importe quel rêve dans la tête de n'importe qui !
Il y avait un cahier des charges à respecter : il fallait cartographier les régions du cerveau, calculer la fréquence des ondes émises par ce dernier, mesurer les hémisphères, se renseigner sur la nature des rêves désirés, etc.
— J'ai un secret à te confier, dit-elle doucement, alors qu'elle venait de terminer d'exposer les tenants et les aboutissants de son métier.
Bastien espéra encore qu'elle allait s'ouvrir, qu'elle avait des sentiments pour lui. Mais ses illusions s'estompèrent rapidement.

Sans mystère, elle reprit :
— Tu vas te demander, comment une femme telle que moi a pu séduire un gars comme Théodore. C'est un mannequin, tu as vu, non ? Il est trop chou ! Ses abdos, ses pectoraux ! Bref... En fait, j'ai remarqué que certaines ondes peuvent provoquer un état d'amour immédiat, un coup de foudre si tu préfères. Tu connais ma passion pour le bricolage, alors j'ai mis au point un dispositif électronique qui me permet de rendre amoureux n'importe qui, en quelques centièmes de secondes. Comme je suis au courant de tes désagréments avec les femmes, c.f. ta page sur Headtook, j'ai décidé de t'en fabriquer un que tu pourras utiliser toi aussi. Je sais qu'il fonctionne sur

les deux sexes car je l'ai testé hier sur une dame rencontrée dans la rue. Elle est devenue folle de moi en un éclair. Tu m'en diras des nouvelles ».
Bastien n'en crut rien. Ses lèvres s'élevèrent pour souligner son incrédulité.
– Et que se passerait-il si je le testais sur toi ?
Elle s'égaya :
– N'essaie pas sur moi, Bastien. J'avais déjà prévu le coup, enfin ! J'ai un brouilleur, je suis immunisée. Bon, tu peux toujours tenter ta chance mais ça ne fonctionnera pas. Tiens, je vais quand même te montrer comment s'en servir.

Après la démonstration, Bastien soupesa l'engin de sept centimètres sur cinq et le fourra dans sa sacoche. Il fit la bise à Tressy, la remercia pour l'expresso et sortit. Il n'avait pas voulu vexer son hôte, mais il n'avait pas gobé une seule de ses paroles.
Une fois rentré chez lui, il s'installa sur son confortable fauteuil massant, alluma son mur télévisuel, tomba sur un feuilleton déjà entamé dans lequel une femme était allée acheter une petite culotte rose pâle, ou alors qui l'avait perdue (il n'avait pas bien compris). Il se blottit dans les doux bras de Morphée avant la fin, puis se réveilla sans avoir fait aucun rêve.

De nouveau au boulot. Bastien caressait l'outil qu'il avait désormais glissé au fond de sa poche de jean. Il pensait toujours que le discours de Tressy n'était que pure affabulation. Et si cela fonctionnait, ce serait de la triche. Cela dit, il aurait certainement eu tort de ne pas en profiter,.

A peine le temps d'ôter son manteau que les ennuis commençaient déjà. Une de ses collègues, la sublime brunette Ornéa, le prit à partie sans même un bonjour.

« Ah, tiens, Bastien. Notre Grande Responsable te recherche. Elle veut te voir à tout prix. C'est urgent. Tu as dû encore te foirer dans un rapport. Ou sur le nombre de copies à lui redonner... Tu es sûr que tu sais compter au fait car... »

Bastien ne voulut rien savoir de plus, il pointa l'antenne de l'appareil dans la direction d'Ornéa, et, sans aucune conviction, il appuya sur le bouton. *Tic*. Un sifflement feutré s'échappa de la petite boîte rectangulaire pendant quelques secondes, puis plus rien.

Le regard de la jeune femme se transforma radicalement. Il exprimait à présent une joie, une admiration sans borne.

Elle se reprit : « Au fait, car, Bastien, comment se fait-il que je n'ai jamais pris ton numéro. J'aimerais bien t'appeler de temps à autre, tu sais. Tu es tellement mignon, je ne te l'avais jamais dit, non ? »

Le petit administrateur d'ordre 4, ravi, se fit donc un plaisir d'échanger son numéro avec cette beauté qui l'avait toujours dédaigné. Il se rendit ensuite dans le bureau de sa supérieure pour un entretien qu'il supposait houleux.

En effet, Madame Tennault, Grande Responsable Hiérarchique, avait l'air remontée à bloc. Elle l'attendait de pied ferme.
« Ah, Monsieur B. , asseyez-vous, je vous en prie. Je voulais vous voir car depuis quelques semaines déjà, nous avons remarqué que votre travail était insuffisant, que ce soit en quantité et en qualité ! J'aurais donc aimé vous convoquer… »
Bastien avait anticipé ce discours : il pressa discrètement sur l'interrupteur du dispositif. *Tic*. La dureté du regard de sa supérieure se mua en tendre douceur et, rougissante, elle continua ainsi :
« Pardon, je disais, j'aurais donc aimé vous inviter à un dîner préalable à un possible rapprochement. Vous êtes un très bon élément Monsieur B… et je ne serais pas surprise qu'une promotion vous soit attribuée d'ici peu, sans doute même dans les jours, voire les heures qui viennent, tant le travail que vous avez effectué jusqu'ici au sein de notre organisation s'est avéré en tout point étincelant ! »

Bastien quitta la pièce totalement sidéré. Il avait convenu d'un rendez-vous quasiment galant avec sa responsable ! Cet engin marchait du tonnerre.
Il arpenta les couloirs pour faire le tour du bâtiment dans lequel il travaillait, et, à chaque fois qu'il croisait une femme, il dirigeait l'antenne dans sa direction, et appuyait machinalement sur le bouton.
Tic par-ci, *Tic* par-là.
Et toutes les femmes, jeunes ou non, y allaient de leur compliment et de leur invitation.

« Oh Bastien, cette chemise te va à ravir ! » Bien que c'était une chemise blanche tout ce qu'il y a de plus humble, bon marché, il la portait tout le temps et la sortait pour la moindre occasion.
« Très en beauté aujourd'hui, Bastien ! Vous avez une superbe mine. » Alors qu'il ne s'était même pas rasé depuis plusieurs jours.
« Dis Bastien, on pourrait se faire une petite sortie bientôt, oui ? », une femme magnifique à qui il n'avait jamais parlé lui proposait d'aller se faire un ciné.

De l'amour, enfin ! Ou quelque chose qui lui ressemblait. Il n'avait que l'embarras du choix à présent.

Il retourna s'asseoir à son bureau. Et il lui sembla que deux minutes à tout casser s'étaient écoulées quand des coups martelés sur la porte le poussèrent à articuler : « Oui, entrez ».

C'était le Grand Administrateur du bureau d'à côté.
– Monsieur B ! cria-t-il. Monsieur, mais vous dormez ou quoi ? Vous savez que les parois sont fines ici, j'entends donc ce sifflement depuis tout à l'heure. Vous ronflez, c'est ça ? Et ce *tic* agaçant que vous faites sans doute en appuyant sur votre stylo-bille à bouton poussoir. Pouvez-vous mettre immédiatement un terme à cette pratique ? Je vous conseille de reprendre votre travail au plus vite ou alors je me verrai contraint d'en référer à notre Grande Responsable Hiérarchique !

Le petit administrateur regarda dans sa main droite. Il y avait juste un stylo, un stylo dont il faut pousser l'embout pour faire sortir la mine. C'était donc ça, il s'était bêtement assoupi ! Bien-sûr, ça aurait été trop simple de devenir subitement un séducteur hors-pair.

« Tenez, vous me ferez ces photocopies, s'il vous plaît ! » ordonna le Grand Administrateur en posant une pile de feuilles sur le bureau -déjà pourtant bien encombré- de Bastien.

Une vibration attira l'attention de ce dernier.
C'était son portable.
Un texto.
Tressy Gehirnsberg.
Elle l'invitait à boire un café en début de soirée. Agrippant quelques feuilles pour se rendre à la photocopieuse, il bailla : « Tout n'est peut-être pas perdu finalement. »

QUELQUES POEMES

CASINO

I
La bille a fait « tic-tuc » et est tombée à pic
Oh la noire couleur, les écumes de rage
La plupart des joueurs ont crié au trucage :
« Un aimant ou un truc électro-magnétique »

Un monsieur cependant a serré les deux poings
Un geste de victoire, il a même souri
Il avait sans doute tout misé sur le vingt
J'avais cru au zéro, la banque m'a tout pris

II
Se lamentant de ne percevoir un message
Il perdait son âme dans un casino noir
Montagnes de dunes, oasis de passage
Il joua sa dame, plein de vrais faux-espoirs.

UNE COURSE DE CHEVAUX

Le jockey vedette a salué la foule
Son cheval avait un nom marrant : Dead Poule
Il a gagné la course haut la main, sans forcer
Des parieurs ont perdu et puis d'autres ont gagné
« Il faut miser sur les chevaux gris » disait
André, enfin, il disait ça pour causer
Car celui-là était plutôt beige ou blanc
Quelques tâches grises, certes, ornaient ses flancs

Bref, le jockey a salué la foule
La reine de la nuit
A esquissé un sourire, un peu saoule
Et elle a applaudi.

DECOMPOSITION FLORALE

Je t'écrirai des mots enflammés sur la glace
J'aurai de vrais abdos, ouais ce sera la classe.
Implorer un pardon, c'est de la comédie
Il est perdu mon don de poète maudit.

Et j'ai continué obsédé par l'absence
D'un désir ; dénuée d'amour, son âme danse.

Je n'ai pas bien pris soin, un mauvais jardinier
J'étais parti trop loin avec mon air niais
Admirant une fleur qui m'aura piétiné
Epines sur mon cœur, ses pétales riaient.

ENSOMMEILLE

A l'aube d'une vie nouvelle et sûre
Il est parti comme une déchirure
Son esprit ne sera plus que mots noirs
Perdant leur substance prémonitoire

Il deviendra une sommité dans l'art de sommeiller
Bonne idée en somme pourtant dénuée d'utilité

UN FAUX PRINCE

Cet amour, bijou factice, c'était du toc
Espérons donc que le vôtre soit réciproque.

J'ai fait le tour de la ville une dizaine de fois
Voir si ta cuirasse noire était garée quelque part
J'aurais dit : elle est chez le coiffeur, chez un autre gars
Pas simplement qu'elle ne voulait juste pas me voir

J'étais comme dans un état second
Pensant chevaucher à dos de dragon.
Ce n'était qu'un vélo
J'étais juste un idiot.

Faux prince cherchant vraie princesse
Plût au ciel que ce fût l'inverse.

POÈMES EN VRAC

1. Tandis que certains sèment des problèmes
Il y a quand même des gens qui s'aiment
Corps d'artichaut faux, cœur archi-chaud sot
Il faut peut-être s'aimer mais pas trop

2. Semblable à la falaise
Ses fissures sont mes rides
Chaque jour à la fois plus fort et plus faible
Je tutoie les sommets, je côtoie le vide
Je me brûle les ailes
Le vent disperse leurs braises.

3. L'amour n'a pas besoin de majuscule
Idioties, oui comme la poésie.
Chacun de ses silences m'émascule
Je continuerai jusqu'à l'amnésie
Un jour vous m'aimerez bien comme il faut
Mais parfois je mens, c'est peut-être faux

4. Noir est mon stylo
Et noire est mon âme
Cruelles les femmes
Tout tombe à l'eau.

Non je n'aimerai plus
Je resterai là, reclus.
On m'aime au compte-goutte
Le genre humain me dégoûte.

5. Si proche et si lointaine
Coïncidence hautaine
Pulpeuse comme une orange
Tu vois là rien ne s'arrange
Tout va mal, tout va bien
Je ne désire rien.

6. Je voulais la voir nue dans un petit haut beige
Elle m'a répondu : je fais tomber la neige
Démarche chaloupée, je ne veux pas d'offrande.
Qu'est ce que ça aurait changé je me demande

Et les femmes dansaient bien sur leurs nuages
Et j'avais la tête ailleurs, dans leur corsage
Et dans leurs corps sages, pas d'arrière-pensées, juste danser
Et dans ma tête sale, des vices cachés… C'est du passé.

7. Cryogénisez-moi voudrais-je bien crier
Je respecte la loi et j'ai beaucoup prié
Mais les gens supérieurs me font croire inférieur
Et réciproquement
Cryogénisez-moi en mon for intérieur
J'irai mieux dans mille ans.

8. Dans le ciel gris un oiseau meurt
Et des gens rient de mes malheurs
Je m'endors nu seul sur la neige
Finis pour moi tous les manèges

PAS DE SENS

J'ai vu des sourires se nourrir de tristesse
Mais que les nourrices sourissent d'allégresse.
Un être insignifiant
Qui est arrivé à ne plus vouloir rien dire
Fausses fesses phosphorescentes
Restent indécentes
Iris faisant du ski dans le blanc de ses yeux

SOURIRE

Je ne vois pas pourquoi tous ces gens rient, sourient
C'est peut-être une loi qui prône l'euphorie
Pouvez-vous m'expliquer ce que je fais ici ?
Je suis bien éduqué, je vous dirai merci
J'ai l'esprit étriqué mais je ne suis pas fou
Sur ce vaste échiquier les rois parfois échouent
On voudrait tout savoir, on ne sait pas grand-chose
Et le temps d'un espoir, se fane notre prose.

HEMISTICHE

Sous un ciel aux teintes irisées se couchait
Une muse aux cheveux hérissés, si parfaite
On l'eût jurée peinte : eh un tableau de maître
Mais comme sur ses vœux, un diable se penchait
Rien de ce qui devait arriver n'arriva
La princesse pleurait au milieu des gravats
Des gravats de son cœur qui vola en éclats
L'amour partit ailleurs, il sonnait fort, le glas.

SUPERFLU

Je suis souvent exclu, mais m'exclus-je moi-même
Ah, ceux que l'on ignore, ah, d'autres que l'on aime
Appris de mes erreurs : je referai les mêmes
Tout ça est superflu, que l'on m'envoie des fleurs.

SENTIMENTS SUR UN ECRAN

Mes sentiments sur un écran
Ou sur un morceau de papier
Non ça ne change pas les choses
Mon cœur est souillé d'ecchymoses
Il ne s'était jamais méfié
Et pourtant déjà j'étais grand

Soleil sous cellophane
Tout mon amour se fane
La pluie, nuages gris
J'aurais dû faire un tri

Ligne de brume	7
La barbe	21
C'était un bon musicien	31
Pas au point	43
Le test humano-métrique	69
Perdues parmi eux	79
Un paquet de cigarettes	91
Yusep	103
Le jouet du gosse	115
Le truc venu de l'espace	127
Fausse captive	137
Un soir de fête	145
La machine	155
L'art rampe sous les remparts	173
Le petit administrateur	179
Quelques poèmes	199

REFLEXIONS

Ce recueil de nouvelles, ou d'histoires courtes si vous préférez, est le fruit de quelques mois de travail. J'aimerais revenir sur certaines d'entre elles afin d'éclaircir certains aspects.

Tout d'abord, je tiens à dire que certaines sont conçues pratiquement comme des courts métrages, c'est à dire avec un côté visuel (ex : la lumière) ; d'autres ont été écrites plus comme des exercices de style, voire comme des poèmes ou des chansons.

Vous vous direz peut-être qu'il y en a qui ne sont pas vraiment au point. Du moins, moi je me le dis ! C'est le cas d'ailleurs de celle qui porte le titre *Pas au point*. J'avais imaginé que dans un futur, peut-être pas si éloigné, des gens se mettent en tête de créer un robot sophistiqué qui se révélerait capable de sentiment, de conscience. Ainsi, ce robot, mal réglé, peut-être trop humain, saurait que quelque chose ne tournait pas rond. Pourquoi décide-t-il d'en finir avec son existence ? Cela n'est pas clairement expliqué. C'est peut-être trop alambiqué, peut-être aussi qu'il y a un côté trop sombre. Sombre était d'ailleurs mon humeur quand j'ai écrit un bon nombre de ces textes.
Néanmoins, cette nouvelle forme avec *Perdues parmi eux* et *Le test humano-métrique* une sorte de triptyque.

Perdue parmi eux a été difficile à écrire car je voulais montrer que cette femme, Tricia, pouvait être folle tout comme elle pouvait ne pas l'être.
Ensuite, pour l'histoire du test, qui est un peu plus rigolote, je me suis inspiré du test Voigt-Kampf dans *Les androïdes rêvent-ils de moutons électriques ?* de P.K. Dick.
Je ne sais pas si je l'ai réussie mais j'ai bien aimé l'écrire.

Quelques histoires m'ont été inspirées par des écrivains que j'ai lus récemment. J'ai encore eu la chance de lire des livres qui m'étaient inconnus de l'auteur que je viens de citer (mais à force il n'y en reste plus énormément), et j'ai également lu plusieurs textes des écrivains français Gérard Klein et Pierre Bordage qui ont produit une œuvre inspirante, des nouvelles intéressantes. Je pense encore à d'autres auteurs : Léon Tolstoï, Stephen King, Roald Dahl, Michel Houellebecq, Ira Levin, mais la liste est longue donc je ne vais pas tous les citer.
Je n'ai pas intégré de citation d'écrivain au début de mon ouvrage, car j'ai hésité entre plusieurs, je ne suis pas parvenu à me décider. J'ai donc cité des paroles de Gainsbourg. J'avais hésité avec *"Les joyeux éboueurs des âmes délabrées se vautrent dans l'algèbre des mélancolies"* d'Hubert-Félix Thiéfaine.
Et puis il y a des séries télévisées que j'aime regarder. Je pense à Black Mirror, ou encore à La Quatrième Dimension, avec ses épisodes en noir et blanc qui datent de plus de 60 ans ! La nouvelle

Yusep est d'ailleurs fortement inspirée par un des épisodes qui se nomme *Willoughby*. En fait, j'ai opéré quelques variations mais il y a certainement une grande ressemblance. Je vous conseille de visionner cet épisode pour vous rendre compte (et peut-être me taxer de copieur, surtout pour l'idée de la ville irréelle…) Je trouve que l'épisode est meilleur que mon texte, donc c'était plus une manière de rendre hommage que du "plagiat".

Concernant la nouvelle *Le jouet du gosse* , bon, là aussi, il y a un côté sombre, on ne peut pas dire que l'on rigole énormément. J'espère quand même ne pas avoir fait passer le gars pour une victime. C'est juste un monstre ordinaire, un fait divers malheureusement banal, peut-être. La fin est ouverte, on peut penser que le policier finisse par écouter l'enregistrement ou alors il reposera le jouet et personne ne l'écoutera jamais, ou bien ce sera quelqu'un d'autre…

Ligne de brume (j'ai hésité à l'appeler *L'homme en noir et les enfants de glace…* ou *Frontière de brume* mais un recueil portait déjà presque ce nom) est plus dans une veine fantastique. Cela m'est venu directement d'un rêve, avec l'histoire de la forêt et des enfants glacés… Mais sans doute avais-je trop regardé d'épisodes de Game of Thrones avant de dormir, ahah ? Toujours est-il que même si mon texte n'est pas une réussite totale à mon goût (il y a certaines incohérences que je n'ai pas su corriger) j'ai aimé le côté poétique qui se dégageait du titre et de certains passages presque religieux…

    Je suis content de certains textes comme *C'était un bon musicien* (que j'ai hésité à appeler *La musique maudite*), je souhaitais mettre en relief une histoire qui a sûrement déjà été inventée, une œuvre d'art qui rendrait les gens complètement fous… On peut penser au Parfum de Patrick Süskind, ou certainement encore à d'autres textes existants.
Oui, en fait, il est difficile d'être original, j'ai l'impression que de nombreuses choses ont déjà été créées. D'où certainement le texte *L'art rampe sous les remparts.*

Pour ce qui est de *Un soir de fête* (qui est plus un délire qu'autre chose), il aurait pu être bon si je l'avais encore plus travaillé. C'est le cas aussi pour *Fausse captive.* Il s'agit d'ailleurs plus d'un exercice de style. Lorsque j'écris « elle » dans ce texte, cela peut désigner soit Johana soit Célia.
De la même façon, *Le truc venu de l'espace,* qui est, il faut l'avouer, invraisemblable (si vous voulez, on peut voir une critique des médias, du pouvoir ou de la naïveté), aurait pu être mieux réussi en prenant encore un peu plus de temps.
Oui, quelques textes auraient peut-être mérités d'être encore retravaillés, ceci dit, on ne peut pas passer son temps, éternellement, à revenir sur ce qu'on a écrit. De plus, parfois l'inspiration vient puis s'en va en très peu de temps.

Je suis quand même plutôt content de certains textes comme *La barbe, La Machine, Le petit administrateur* (un peu autobiographiques sur les bords).

Pour conclure et pour ceux que cela intéresse, je vous détaille brièvement ma méthode d'écriture. Je me fixe un objectif qui est d'écrire au moins une demi-page A4 par jour. Quand je dis au moins, c'est le minimum. Mais certains jours, j'ai beau me forcer, rien ne vient, je ne parviens pas à écrire un mot. Ou alors, si bien-sûr, je pourrais écrire par exemple : « un mot » mais ce serait assez inutile, il ne faut pas non plus exagérer.
Alors j'attends parfois plusieurs jours, voire bien plus, des semaines, sans avoir rien écrit.
Enfin, rien écrit, non, il y a des idées qui me viennent en tête et que j'essaie de retenir ou de prendre en note avant qu'elles ne repartent dans le néant.
Cette phase passée, je serais bien capable d'écrire pendant une dizaine d'heures par jour, lorsque je n'ai pas d'autres choses à faire. Mais généralement, j'écris deux à trois heures par jour. Le plus difficile, selon moi, restant la correction et la mise en page qui sont des éléments fastidieux.
Peut-être que ma méthode n'est pas encore la bonne, d'où ces imperfections qui se sont incrustées dans mon "œuvre".

Voilà, tous vos commentaires, critiques acerbes, voire compliments sympas, sont les bienvenus. Vous pouvez me les formuler par écrit sur l'internet, ou de vive voix si nous nous rencontrons. Je n'ai pas encore de pseudonyme mais il n'est pas exclu que j'en choisisse un, une fois que j'aurai raflé quelques prix Goncourt.

Trêve de plaisanterie. Je vous laisse à d'autres occupations. Pour ma part, je vais tenter de me remettre à écrire un autre bouquin. Je ne sais pas encore quel genre ce sera, mais j'ai des idées qui se dessinent dans ma tête !

Bien à vous.

A.G.

Petite note plus personnelle.
Je souhaite dédicacer ce livre à ma famille et à mes amis, spécialement à Clément Garneret pour avoir relu et corrigé mon précédent ouvrage.